「久しいのぉロレンにラピス。
あとエルフとなんだかよく分からない女は
はじめましてというやつじゃな？」
廃墟の光景とは似つかわしくないほどに
豪華なドレスで着飾ったその少女は、
ガレキの上に危なげなく立つと、
少しばかり大げさな動作で自らの長い金髪をかきあげた。
食い詰め傭兵の
幻想奇譚12

エルフと吸血鬼を加え、
ドラゴン探し…!?

教会の鐘が鳴り響く。
歓声が響き渡る中、教会の扉を開いて中から出てきたのは、
なんともいえない雰囲気を漂わせた一組の男女であった。

食い詰め傭兵の幻想奇譚

12

Fantasie Geshichte von Söldner in großer Armut

まいん

Illustration peroshi

口絵・本文イラスト　peroshi

Fantasie Geshichte
von Söldner in
großer Armut

プロローグ　滅亡に順応する

とある辺境の街が滅《ほろ》んだと、ひょろりとそんな噂《うわさ》が立った。

開拓《かいたく》村とは異なり、辺境といえども街である。

それなりの人口があったはずであり、その街の住民と関係のある親類縁者《えんじゃ》まで考えれば、どのくらいの人数に影響《えいきょう》のある噂なのか、考えたくもないものだとロレンは思っていた。

ましてその街を滅ぼすのに、直接的に手を下したのが自分であるともなれば、その思いはかなり強いものである。

仕方がなかった、という言い訳が通用するかどうかは措《お》いておくとしても、実際そうする以外に手があるとはいまだに思ってはおらず、さらに取った手段としては最良のものではないだろうかという考えもないことはないのだが、お前が街を滅ぼした、とあのスエストの街の住民やその縁者から指を指されたのであれば、反論する言葉が見つからない。

とは言うものの、カッファの街はそんな噂が立っているとは思えないほどに、平穏《へいおん》な通常の生活を続けている。

これはロレンにとっては、少しばかり意外な事態であった。

事の次第《しだい》は全《すべ》てではないものの、冒険者《ぼうけんしゃ》ギルドの職員にして一つ前の仕事に同行していたアイヴィという女性から、冒険者ギルドに伝わっているはずである。

ならばもう少し、危機感や緊張感《きんちょう》のようなものが漂《ただよ》っていてもおかしくはないはずだというのに、街はいつもの通りの景色を見せているのだ。

いつものように冒険者ギルドへと赴《おもむ》き、隣接《りんせつ》している食堂で安酒など傾《かたむ》けながら、店内の会話に耳をそばだててみても、聞こえてくる会話はスエストの街の壊滅《かいめつ》に触《ふ》れはしたりするものの、それを問題であるとは考えていない冒険者が多いように見受けられた。

「スエストの街が滅びたって聞いたかよ？」

「スエスト？　どこだそりゃ？」

「なんか、北西の方にあった街、だったかな？」

「ふーん、そんなことより次の仕事の話をしようぜ」

大体がそんな程度なのである。

情報について知らないというのであれば、話題に上らないというのも理解できる話ではあるのだが、話に上ったというのに興味を抱《いだ》かれないというのはどうにもロレンには理解のできない状況《じょうきょう》であった。

「おかしくねぇか？」

別段他の冒険者達《たち》に興味を持ってもらいたいわけでも、その結果としてカッファの街が恐慌《きょうこう》に陥《おちい》って欲《ほ》しいわけでもないロレンなのだが、全く興味を持たれないというのは、この大きさから考えてどうなのだろうと思ってしまう。

少なくとも、万単位で住民が死亡しているはずであり、とんでもない事件として知《し》れ渡《わた》ってもいいのではないか、と思ったところで、以前にも似たような規模の壊滅事件があったような気がしてロレンは首を傾《かし》げた。

〈お兄さん、それ忘れては困ります……〉

以前受けた仕事の最後の仕上げを行った際に、力を使いすぎたのかしばらくロレンが話しかけても反応のなかったシェーナの思念がロレンの脳裏《のうり》に響《ひび》く。

アンデッド最上位の存在である死の王たるシェーナの存在が、少しばかり力を使いすぎたせいで消えてなくなるとは考えていなかったロレンなのだが、やはりきちんとその声が聞ける状態になるというのは、ほっとしたものを感じてしまう。

「そういや、シェーナの故郷も都市国家だったよな……あれが滅びたときは、もっとこう……色々と動きがあったような気がするんだがよ」

「前があるさかい、慣れたんと違《ちが》うん？」

ロレンの疑問にそう答えたのは、ロレンからテーブルを挟《はさ》んで正面の席に座《すわ》り、注文した大量のスープを、掬《すく》う手を一度も止めることなくスプーンで飲み続けているグーラであった。

そのスープはとりあえず腹が膨《ふく》れればいい、というくらいの考えで作られている代物《しろもの》であり、中身は屑《くず》肉と屑野菜をちょっとの塩で味付けしただけの質が悪くて値段が安いだけのスープである。

それをまるで洗面器のような器になみなみと入れた状態から、グーラはひたすらそれを喉《のど》へと流し込む作業に没頭《ぼっとう》中なのだ。

もう少しいいものを食べればいいものをと思うロレンなのであるが、そんなロレンが飲んでいるのも食堂で提供されている中では最も安い酒であり、酒精もそれほど強くはなく、コップ一杯《いっぱい》程度で酔《よ》えるようには思えない代物であった。

「慣れるもんか？」

グーラは、ロレン達《たち》のパーティに入るときに、ある程度の事情の説明を受けており、当然シェーナが普通《ふつう》の少女から死の王となった経緯《けいい》についても、ラピスから説明を受けている。

その中でシェーナの親が主席を務めていた都市国家についても聞《き》き及《およ》んでいるはずであ

り、前があるというのはそのことを指し示しているようであった。

「どないに大きな事件でも、自分に関係ないことやったら、何度か聞いてるうちに慣れてもおかしくはないわなぁ。そんなもんやろ？」

「そんなもんかねぇ」

自分に関係なくとも、事の次第が大きいのであれば関心を持つものではないだろうか、と考えるロレンであるのだが、グーラの意見は異なるらしい。

「まぁ事の次第はどうあれ、もう終わった話やし、あそこら辺の管理についちゃアイヴィに一任しとけば、悪いようにはせぇへんやろ」

前の仕事というのは、とある情報と引《ひ》き換《か》えにギルド職員であるアイヴィからの依頼《いらい》を引き受けるというものであり、その情報というのが滅びたと噂になっているスエストの街にあった遺跡《いせき》についての情報であった。

実は古代王国期から延々と生き続けている邪神《じゃしん》と呼ばれる存在のうち、嫉妬《しっと》の邪神であったアイヴィはこの遺跡について詳細《しょうさい》な情報を持っていたのだが、遺跡自体はロレン達と何かと因縁《いんねん》のあるマグナという剣士《けんし》とその従者であるダークエルフのノエルによって、保管されていた材料などが枯渇《こかつ》した状態にされており、すぐには使えなくなっていたのだ。

スエストの街の下水道と一緒《いっしょ》に地下にあったこの遺跡を、アイヴィは一旦封印《いったんふういん》し、時間経過による資材の補充《ほじゅう》が終わるまで管理することをロレン達に約束している。

それは、ロレンの精神体の内側に間借りしているシェーナの精神体を収める器を作り出すためであったのだが、そこにはシェーナの考えやら、アンデッドとなっているシェーナの精神体を、生身の体にどのようにして移植したものかという問題が残ったままになっているのだが、その辺りに話は一旦棚上げ《いったんたなあ》げされていた。

もっともこの件については、一朝一夕《いっちょういっせき》のうちにどうこうなるような話でもなく、しかもその遺跡に繋《つな》がっている元スエストの街の下水道にはマグナ達が行った行為《こうい》の爪《つめ》あととして、漏《も》れ出した薬剤《やくざい》などによって異常発生した虫の群れが存在しており、そういった問題をどうにかしなくては、近づくのも難しいような状態になっているので、今は考えの外に置いておいてもいいだろうとロレンは思う。

「しっかしなぁロレン。やられっぱなしってのもムカつく話やろ？　ましてあの黒い剣士は、うちらの不倶戴天《ふぐたいてん》の敵やと思うし」

「そのうちらってのは邪神達《じゃしんたち》ってことだよな」

自然と自分達を含《ふく》めるなという警告の意味も込めてロレンが突っ込めば、グーラはスープを掬う手を一瞬《いっしゅん》休めてロレンを恨《うら》めしそうに見る。

黒い剣士ことマグナという男は、どういう経緯なのか分からないまでもどうやら古代王国に関係している人物であるらしい。

しかも色々と詳《くわ》しいらしく、グーラ達邪神《たちじゃしん》を作り出した遺跡や、アイヴィが嫉妬の邪神を辞《や》めるために、新しい体を造り出した遺跡のことなど、良く知っている気配がある。

そしてグーラをはじめとした邪神達はこの古代王国の関係者というものに対して、色々と複雑な感情を抱いているようで、グーラはどちらかといえばその抱く感情は憎《にく》しみや恨みに近いものがあるようだとロレンは見ていた。

いちおうグーラはロレンにとっては仲間の一人であり、そのグーラが抱いている恨みつらみの類《たぐい》を晴らすため、マグナと戦うというのであれば手は貸そうと考えているロレンである。

しかしながらそれは、あくまでもグーラのパーティメンバーとしてであり、済《な》し崩《くず》し的に我々にとっての敵という纏《まと》められ方をするのは、少々遠慮《えんりょ》したかった。

「いけずやなぁロレン……」

「うるせぇ。大体、あの野郎《やろう》を敵として考えたところで、何か対抗策《たいこうさく》でもあんのか？　こっちゃ野郎の居場所すら知らねぇのに」

どこかに定住しているという可能性はない、とロレンは考えている。

なにせマグナは地力でなのか、それとも装備品などによる能力の底上げのおかげなのか、とにかくロレンと正面から渡り合《あ》って、まともにやればロレンを圧倒《あっとう》しかねない実力の持ち主なのだ。

そんな剣士に、さらにダークエルフの従者までついた状態で、どこか一箇所《かしょ》に留《とど》まり続けていたりするのであれば、人の噂に上らないわけがない。

「こっちから仕掛《しか》けられりゃまた話は違うんだろうが、どうしたってあいつらが何かした後でしか遭遇《そうぐう》しねぇから、手遅《ておく》れになるんだよな」

「何か情報とか出とらんの？　正式にギルドの指名手配ついたんやろ？」

マグナとノエルの二人については、スエストの街壊滅事件の重要参考人として、指名手配されていた。

これはカッファの街に帰ってきてからアイヴィが即座《そくざ》に手続きを開始し、その手配が有効となると同時に、様々な手段でもって大陸各地の冒険者ギルドへ通達されている。

この指名手配はロレンがアイヴィから聞いた話によると、かなりきついものであるらしく、級を問わずして全ての冒険者が依頼を受ける資格を有す。

ちょっとした情報にも賞金が用意されており、マグナやノエルの身柄《みがら》を押さえれば、冒険者ギルドから結構な金額が報酬《ほうしゅう》として渡されることになっている。

「そりゃまぁ何かかにか情報は出てるかもしれねぇな。知る由《よし》はねぇけれど」

「なんで？」

「そりゃ、冒険者ギルドが情報に金を払《はら》ってるからだ。金を払って仕入れた情報を、無料で渡してくれるわけねぇだろ？」

冒険者ギルドは冒険者同士の互助《ごじょ》組織ではあるのだが、冒険者に対する慈善《じぜん》事業を行う組織ではない。

報酬を出して収集した情報を、無料で他の冒険者達に知らせるようなことをするわけはなく、必要であるならば冒険者ギルドに金を出して情報を買う必要があった。

そして、ロレンの懐《ふところ》にその情報を買い取るだけの資金はない。

「ラピスちゃんにおねだりしたらどうなん？」

「んなこと出来ると思ってんのか？」

そう答えながらもロレンは、おそらくラピスは自分が頼《たの》めば首を縦に振《ふ》るだろうとは考えている。

ただそうなるだろうと考えるのと、実際それを実行に移すのとでは天と地ほどの違いがあるとも考えていた。

自分の懐であればいざ知らず、ラピスの懐を期待するようになったのならば、人間として終わりが近いとすら思っている。

「そっちもなんとかしてぇなとは思うが……背負った借金の額がとんでもねぇからな」

督促《とくそく》などはされていないものの、ロレンは借金持ちである。

借りた相手は実は現在の魔王《まおう》であるラピスの母親であり、魔王のさらに上の階級であるらしい大魔王の居城の一部を壊《こわ》した修繕費《しゅうぜんひ》の立替《たてかえ》をした、というものであった。

督促されれば人生が終わりそうな金額と相手という二重攻撃《こうげき》に、ロレンは抗《こう》する術を持っていない。

「俺《おれ》の身柄って、いつ差《さ》し押《お》さえされてもおかしくねぇんだよな」

大魔王とやらに身柄を拘束《こうそく》されでもしようものならば、生きた心地《ここち》は全くしないだろう。

むしろそのまま日常には帰って来れなくなるのだろうと考えてしまうと、なんとなくロレン自身もスエストの街の壊滅騒《かいめつさわ》ぎばかりを考えている暇《ひま》などないような気がしてくるのであった。

第一章　提案から出発する

「なんだかこう浮《う》かない顔をしてますね？」

突然《とつぜん》かけられた声にロレンがそちらを見れば、白を基調とした神官服に身を包み、ポニーテールを左右に揺《ゆ》らした少女がロレンの顔を覗《のぞ》き込むようにして立っていた。

近寄られるまでというよりも、声をかけられるまでその接近に気が付かなかったことに、わずかばかりの驚愕《きょうがく》を覚えるロレンであるのだが、その少女の正体を考えれば無理もないことかと思いなおす。

それはロレンの仲間であるラピスという少女であった。

一見して清楚《せいそ》で可愛《かわい》らしい印象を受ける少女であるのだが、その正体は大陸中から忌《い》み嫌《きら》われ、大陸中央部にある山岳《さんがく》地帯に囲まれた場所に住んでいる魔族《まぞく》という、身体能力ならば人族の数倍以上を誇《ほこ》る種族の出身なのだ。

その華奢《きゃしゃ》な両腕《りょううで》に秘《ひ》められている力は、下手をすればロレンの腕力《わんりょく》よりも上かもしれず、身体能力に関してはいまだに未知数な部分がある少女であるだけに、ロレンのように優《すぐ》れた剣士相手でも、気づかれずに背後を取ることくらいは朝飯前である可能性が高い。

「何かお悩《なや》み事《ごと》ですか？　なんでしたらお聞きしますよ？」

「大したことじゃねぇんだがな」

そんな前置きをしてからロレンは、グーラと話していたマグナに関する話をラピスへとしてやる。

もちろんそこに、大魔王にしている借金の話は混ぜ込んだりはしない。

どちらかといえばラピスは大魔王の側に立つ存在であり、下手に話をしようものならばそこから何を企《たくら》みだすか分かったものではないからだ。

別段、ロレンとしてはラピスを信用していないわけではないのだが、自分の知らないところで何か企まれるというのは、できれば避《さ》けたい事態である。

「マグナさんへの対応ですか。それは確かに悩ましい話ですね」

ロレンの話を聞き終えたラピスは、自然な動きでロレンの左隣《ひだりどなり》の席を引くとそこに腰《こし》かけながら胸の前で腕《うで》を組み、首を捻《ひね》りつつ小さく呻《うめ》く。

いかに能力的にとんでもないものを持っているラピスであっても、相手の所在が分からなければ手の打ちようがあるとは思えない。

それでも場の雰囲気《ふんいき》を変えるといった意味ではラピスの参加は歓迎《かんげい》すべきものであり、

別な話題でも振ってみようかと考えだしたロレンの横で、ラピスが何か思いついたかのように組んでいた腕を解くと一つぽんと手を打った。

「いい考えがあります」

「あんまり聞きたくねぇ」

思わず素直《すなお》な心情を吐露《とろ》してしまったロレンの左肩《ひだりかた》を、むっとした顔のラピスが掴《つか》むとがくがくと左右に揺らし始めた。

体格的にはかなり勝っているロレンなのだが、ラピスの腕に秘められた力の証《あかし》であるかのように軽々と揺さぶられて閉口するロレンの右肩《みぎかた》では、突如《とつじょ》として揺れ出したロレンの体に驚《おどろ》いたらしい、そこを定位置としている黒い体をしたオブシディアンスパイダーのニグが慌《あわ》ててわたわたと動き出しながら抗議《こうぎ》のためなのか二本の前脚《まえあし》を振り上《あ》げる。

「それはどういう意味ですかロレンさん。説明を求めます。納得《なっとく》のいく説明を求めますっ！」

「そいつは口が滑《すべ》……とにかく、何を思いついたかとりあえず言ってみろ」

揺さぶられるままに、さらに正直なところを言いかけたロレンは内心少し慌てながらも話の矛先《ほこさき》を逸《そ》らそうと、ラピスが思いついたというういい考えについて尋《たず》ねてみる。

経緯はともかくとして、話を聞いてくれはするようだと見たラピスは、まだ少々不満が残る顔をしながらも揺さぶっていたロレンの肩《かた》から手を放すと、一つ咳払《せきばら》いをしてから、自分の方に注目しだしたロレンとグーラに対して、ぴっと人差し指を立ててみせた。

「マグナさん自身を追いかけるというのは非常に難しいと思うのです。ですからこれについてはきっぱりと諦《あきら》めてしまいましょう」

「諦めるん？」

不服そうなグーラであるのだが、ラピスはこれに対しては気を悪くした様子もなく、諦めようと言い出すに至った理由を説明する。

「小耳に挟んだのですが、冒険者ギルドの手配がかかってからこちら、少しずつ情報らしきものは上がってきているらしいのですが、その内容はあまり芳《かんば》しくないそうです」

それは冒険者ギルドという組織を知る者達からすれば驚くべきことであった。

なにせ冒険者ギルドとは大陸全土に網《あみ》を張っている組織であり、その構成員の数はかなりなものに上る。

さらに冒険者ギルドが正式に手配したということは、銅級や黒鉄級の冒険者のみならず、その上の級になる白銀級や黄金級といった所謂《いわゆる》手練《てだ》れの冒険者達までもがマグナという人物に関する情報を手にしているということになるのだ。

「私としましては、冒険者ギルドが正式に手配をかけた時点でマグナさんの動向については、かなり詳細な情報が得られるものとばかり思っていたんです」

「そりゃな」

マグナがどれほどの実力者だとしても、その痕跡《こんせき》をきれいさっぱりと消し去るようなことはできないはずである。

ならば白銀級や黄金級の冒険者がその捜索《そうさく》に加わった時点で、その足取りは知られて当然である、と考えるのが普通であった。

だというのに、マグナに関する情報というものはびっくりする程に上がって来ない。

「考えられる可能性としては、マグナさんは黄金級の冒険者達ですらその目を欺《あざむ》くほどの隠蔽《いんぺい》能力を有している可能性」

これまで遭遇してきたマグナという剣士は、どこからそんなものを持ってきたのかと思うくらいに魔術《まじゅつ》道具や武具を多数所持していた。

そういった物の中に、隠蔽の能力を持った道具が含まれていたとしても、それほど驚くことではないのだろうとロレンは思う。

「もう一つは、そこにいるのが分かっていても、そうと報告はできない場合」

「どういうこった？」

ラピスが挙げた二つ目の可能性について、ぴんとはこなかったロレンが尋ねる。

「考えられるのはどこかの国の貴族や王族クラスの影響力《えいきょうりょく》を既《すで》にマグナさんが持っている、ということですね。冒険者ギルドは確かに巨大《きょだい》な組織ではあるのですが、国を相手にケンカをするような組織でもありません。国レベルの存在から圧力がかかれば、情報を隠匿《いんとく》してしまうはずです」

「そいつはぞっとしねぇ話だな」

極端《きょくたん》なことを考えれば、この大陸のどこかにマグナの国があるようなものなのだろうなとロレンは理解する。

無論表向きにマグナの名前や顔が出ていれば、それとすぐ分かるのだろうが、そうではなく裏から糸を引くような形で国の実権を握《にぎ》っているような場所があるのだとすれば、マグナと敵対関係にあるロレンとしては、面白《おもしろ》い話ではない。

下手をして、知らずにその場所に迷い込んだりしようものならば、その場所に適用されている法の名の下、ロレン達を合法的に葬《ほうむ》り去《さ》ることすらできてしまう。

そんな存在を追いかけるということがどんな意味を持つのか考えれば、ロレンとしてもマグナを無理に追いかけようという気持ちは萎《しぼ》んでしまった。

「そんなわけですので、マグナさん本人を追いかけるというのはいい手だとは思えないというのが諦めましょうという提案の理由ですね」

「納得した。だが、それならどうするんだ？　また奴《やつ》らと鉢合《はちあ》わせになるのを待つのか？」

結局は後手に回るしかないのかと溜息《ためいき》を漏らしかけたロレンに、ラピスは首を横に振ってみせた。

「確実性には欠けますが、先手を打つというよりあちらの出鼻をくじくという方法がある、かもしれないというお話です」

「それができんならやる価値はありそうだがな。だが奴らの目的もよく分からねぇってのに出鼻をくじく方法があるってのか？」

目的が分かっているのならば、その目的を先んじて潰《つぶ》してやるという方法が取れる。

しかしマグナ達についてはその目的というものが見えておらず、潰しにかかろうにも何を潰せばいいのか分からないといった状態なのだ。

「マグナさん達って、どうも古代王国に縁《えん》のある場所や物と関係することが多いと思いませんか？」

そう言われてみると、確かにその通りのような気もするとロレンは思う。

「もしもそうならば、古代王国縁の強力な品や遺跡なんかを片《かた》っ端《ぱし》から潰したり入手したりしてしまえば、マグナさん達の邪魔《じゃま》をすることになる、というのが私の考えなんです」

「なるほどと思わんでもないけどなぁ。そないなもんの情報はどこから仕入れてくるっていうんや？　うちらに期待しとるなら、悪いけどご希望には添《そ》えへんよ？」
古代王国に関する知識を得るならば、その王国が実際に栄えていた頃《ころ》から生きていると
いう邪神達から得るのが手っ取り早いと考えるのは筋であった。
しかしグーラはその件に関しては、手助けできないと言う。
「うちらが古代王国側にいた頃は、うちらは王国の犬やったからな。アイヴィみたく邪神
になる前の情報としてこないだみたいな遺跡のことを知ってたりするんは例外で、大概《たいがい》は
ほとんど知らんから」
古代王国末期になると、グーラ達は古代王国に反旗を翻《ひるがえ》し、その滅亡に一役買うことに
なったのだとグーラは言うが、その頃になると遺跡や強力な魔術道具に関する情報は隠《かく》さ
れていたり、あるいは古代王国の滅亡と一緒に破壊《はかい》されたり廃棄《はいき》されたりしていて、とて
も役立つような情報がないと言うのがグーラの言い分であった。
「うちらもその頃はブチ切れ状態やったからなぁ。目につくもんは手当《てあ》たり次第で破壊《はかい》し
とったからわけが分からんようになっとる。若気の至りってやつやなぁ」
「お前ら、若気の至りで古代王国を滅ぼしやがったのか」
滅ぼされた側からしてみれば、いい迷惑《めいわく》だったろうにと思うロレンなのだが、そうなる
原因を作ったのもまた古代王国側であるので、同情の余地がない。

てへへと舌を出して笑うグーラなのであるが、古代王国末期、それも滅亡間際《めつぼうまぎわ》にどれだけのことが起こったのかについては、ロレンには想像することすらできなかった。

「邪神さん達には最初から期待していません」

そんなグーラに対して告げられたラピスの言葉は、きっぱりとした否定であった。

思わず椅子《いす》から転げ落ちかけるほどにコケたグーラを無視して、ラピスは隣《となり》に座るロレンの方にのみ視線を向ける。

「そもそも、怠惰《たいだ》だの暴食だの色欲だの強欲《ごうよく》だのと、いいイメージの言葉が一つもないんですよ？　そんな方々から有益な情報が得られるなんて考えるわけないじゃないですか」

そう言われてしまうと反論の言葉がないとロレンは思う。

むしろあの怠惰や強欲、色欲といった邪神達から有益な情報というものを引き出すことができたのであれば、そちらの方が驚きであるとも思ってしまった。

グーラもコケた体勢からなんとか椅子の上へと体を引き戻《もど》すのであるが、自分達から情報を得られることはないと事前に言ってしまっていた手前、ラピスの言葉に反論することもできず、無言でラピスを睨《にら》んでいる。

そんなグーラの視線に気がつかないかのように、ラピスはさらに言葉を続けた。

「それよりも、ずっと確かで有益な情報が得られそうな方がいるんですよ。接触《せっしょく》は難しいかもしれませんが、たぶん大丈夫《だいじょうぶ》でしょう」

「誰《だれ》だそりゃ？」

ロレンの記憶《きおく》の中に、ラピスが言うような人物についての情報はなかった。

だとすると自分と出会う前からラピスが知っているような人物なのだろうか、と考えるロレンへラピスは自分の提案を告げる。

その言葉を聞いて、グーラはぽかんと口を開けたままラピスの顔を何か信じられないものでも見たかのような目で見つめ、ロレンはこれから待ち構えているのであろう面倒《めんどう》事を察して小さく溜息を吐《つ》くのであった。


「ねぇロレンさん。私もお仕事ですので、それなりに対応は致《いた》しますけれども……流石《さすが》にそのお話は耳を疑いますし、ロレンさんの正気を疑います」

カウンター越《ご》しにそんな言葉を投げかけてきたのは、営業用の笑顔《えがお》を顔に貼《は》り付《つ》けて渋《しぶ》い顔をしたロレンのことを見ているアイヴィであった。

元嫉妬の邪神にして本名はエンヴィというらしいこの女性は、ロレン達が引き受けた仕事に同行し、ロレン達と共に最近噂に上っている滅びた街へ行ったメンバーであるのだが、仕事が終わった後は元の冒険者ギルド職員という地位に戻っており、日々受け付け業務に励《はげ》んでいるらしい。

そのアイヴィのところへロレンが赴いたのには、当然理由がある。

「確かにそういった依頼は存在しますよ？　ロレンさんが少しでもお金を欲しがっているという事情も、ラピスさんやグーラから聞いて理解しているつもりです。ですが、これは全くお勧《すす》めすることができない行為であると言わざるを得ません」

「実は俺もそう思ってんだ」

アイヴィの言葉に心の底から同意するようなロレンの答えに、ならばどうしてというような視線を向けるアイヴィであるのだが、ロレンは渋面《じゅうめん》のまま肩をすくめてカウンターに肘《ひじ》をつき、体重を預ける。

「ただラピスがな……もらえるものはもらっておくべきだって」

「その意見については同意しないでもない部分がありますが……」

ラピスが情報をもらいに行こうと言い出した相手のことを聞き出してから、ロレンはラピスに言われて冒険者ギルドのカウンターに、とある依頼を受けられないものかどうか確《かく》認《にん》しにきていたのである。

気が進まないというよりは、馬鹿《ばか》を見るような目で見られかねないだろうという思いからロレンは一度はラピスの指示を断ろうとしたのであるが、少しでもお金が必要な状態におかれている我《わ》が身《み》のことを言われ、さらにほぼ確実に依頼を成功させることができるのが分かっていながらみすみすそれ関連の依頼を引き受けずにもらえるはずの報酬をもらえない状態にするのは勿体無《もったいな》いとの説得を受けて、渋々冒険者《しぶしぶぼうけんしゃ》ギルドのカウンターに来ているというような状況なのだ。

その際にアイヴィが担当している窓口を、無意識に選んでしまったのはやはり全く知らない受付嬢《うけつけじょう》に馬鹿を見るような目で見られるよりは、ある程度事情を心得ているアイヴィに話を持ちかけたほうが精神衛生上好ましいだろうと考えた結果である。

「ロレンさんもご存じかと思いますが、冒険者ギルドが扱《あつか》う依頼には、無制限なものとそうでないものがあるんですよ」

アイヴィがカウンターの下から分厚い紙の束を取り出す。

かなり無造作に重ねられ、適当に糸で留められているそれはどうやら冒険者ギルドのフロアにある依頼票《いらいひょう》を貼り付けてある掲示板《けいじばん》の、そこに貼られている依頼票の写しであるようだった。

その写しの束を傍目《はため》から見るとかなり適当な手つきでぺらぺらとめくりはじめたアイヴィは、やがて目当ての依頼票を見つけたのかそこを開いたままロレンにも見えるようにカウンターの上へそれを置く。

「これでしょう？　火笛山《ひぶえやま》に住まうドラゴンの調査依頼」

火笛山と呼ばれるその山は、カッファから真南に馬車で一日ほど走った場所にあるかなり巨大な火山のことであった。

火山とはいっても、もうもうと噴煙《ふんえん》を上げ、四六時中炎《ほのお》の赤さが見えるような活発な火山ではなく、たまに白い煙《けむり》が上がる程度で記録上では数百年に渡る間、一度も噴火《ふんか》したことのない穏《おだ》やかな火山である。

火笛山という呼称《こしょう》も、大陸全土で通用するような地名ではなくその火山の周辺の村や町で年寄りなどがそう呼んでいるというだけで、実際には大陸に無数にある名前もついていない山の一つであった。

そんな山にドラゴンが住んでいるという噂は、遥《はる》か昔から延々と語《かた》り継《つ》がれてきているのであるが、実際にそのドラゴンの姿を見た者というのは、ほとんどいない。

ただいちおうもしかしたら本当にいるのではないか、というくらいの話で冒険者ギルドから依頼という形をとって仕事として存在しているのだ。

何故《なぜ》そんな場所に調査に赴こうとしているのかと言えば、ロレン達は以前にエメリーというエンシェントドラゴンと魔族の国の中で出会ったことがあった。

その時に、古代王国のことについて詳しい人族の領域に住むエンシェントドラゴンについての情報をもらっていたのだが、そのエンシェントドラゴンに古代王国で作られた強力な道具や遺跡の情報をもらいに行こうというのがラピスの提案だったのである。

他にも古代王国期から存在し続けているものには心当たりがあったのだが、古代王国について詳しく、さらにドラゴンの習性として自分の巣穴に高価そうな宝物を集めるというものがあるエンシェントドラゴンこそが、マグナが狙《ねら》っていそうなものに関する情報を得るのに最適であろうとラピスが考えたからであり、そのエメリーから得たエンシェントドラゴンの住処《すみか》となっていたのが、火笛山だったのだ。

「ほとんど有名無実の依頼ですね。安全確認くらいの軽い話で年に一つか二つくらいのパーティが引き受けては、小銭《こぜに》を稼《かせ》ぐ程度の依頼です」

なんとも気の抜《ぬ》けるような話ではあるのだが、アイヴィが難色を示しているのはその依頼を受けるための制限についてであった。

「この依頼。いちおう仮想敵がドラゴンということもありまして、白銀級以上の冒険者にしか依頼を受理できないようになっているんです。もしものことを考えますと、とても黒鉄級の冒険者には回せないお仕事なんですよ」

「けどよ。ドラゴンがいたっていう報告はねぇんだろ？　だったら制限を下げてくれてもいいんじゃねぇのか？」

その依頼を受けるパーティが年に一つか二つしかないという理由の中に、その依頼を白銀級の冒険者しか受けられないというものが確実に含まれているはずであった。

白銀級冒険者ともなれば、全冒険者の中でも非常に限られた数しか存在しない上級の冒険者であり、そんな者達がいるのかいないのか分からないというよりは、ほとんど遭遇例のないドラゴン捜索などという依頼を受けるはずもない。

ならば依頼を受ける資格制限の基準を下げて、黒鉄級の冒険者でも受けられるようにすれば、もっと調査の回数が増えるのではないか、というのがロレンの主張であったのだが、アイヴィは真面目《まじめ》な顔で首を横に振る。

「遭遇例の報告がない、だけなんです」

「どういう意味だそりゃ？」

「つまりドラゴンに出会ったという報告が上がってない、というだけの依頼なんですよ。実は未帰還《きかん》者が結構いたりする依頼でもあるんです」

生きて帰ることがなかった者は、当然ながら冒険者ギルドに自分達が得た情報の報告をあげるようなこともしない。

仮に何かと出会っていたとしても、それを情報として流すことができないのだ。

ここでロレンが気にしたのは、白銀級以上の冒険者しか引き受けることができない依頼で、未帰還者が結構出ているとアイヴィが告げたことであった。

「ここ十年でこの依頼を受けた白銀級パーティは二十組。そのうち八組が未帰還扱《あつか》いになっているんです。白銀級パーティで未帰還率四割ですよ？　いかに危険な依頼か分かるんじゃないでしょうか？」

依頼を引き受けているパーティは少ないが、その少ないパーティの内の四割が未帰還になっているというのは結構な危険であった。

もちろんそれら全てがドラゴンと遭遇し、帰らぬ人となったのかどうかは現状ロレンには想像もつかない話ではあったが、少なくともその火笛山には白銀級パーティを未帰還扱いにできるほどの何かが住んでいるのではないかと考えるのは、そう飛躍《ひやく》した考えでもないようにロレンには思える。

「この手の依頼は、失敗した場合に多数の人命を失う可能性があるものです。おいそれと制限を下げて、誰にでも依頼してしまえるような話ではないのですよ」

「そりゃ、俺達《おれたち》と行動を共にした経験からでもそう言うってのか？」

なんとなくではあるのだが、実力不足なのだといわれているような気がして、少しばかりロレンが視線を険しくすれば、アイヴィはそんなロレンの視線を正面から受け止めつつ、わずかにカウンターの上へと身を乗り出し、小声で言った。

「適当な依頼を数こなして、冒険者《ぼうけんしゃ》ギルドに貢献《こうけん》しましたという感じで、さっさと白銀級への昇格《しょうかく》試験を受けてくださいよ。いつまで黒鉄級に留まっているつもりなんですか？」

「その黒鉄級になったのも、つい最近のことのはずなんだがな」

「悪い冗談《じょうだん》みたいなものですよ。白銀級冒険者のパーティと模擬《もぎ》戦《せん》をしたとしても、余裕《よゆう》で無力化できますでしょう？」

できるかできないかで言うならば、できるだろうとロレンは思う。

少なくともラピスやグーラの力をもってすれば、いかに白銀級冒険者であろうとも、打ち負かしてしまうことが可能なはずであった。

しかし、見られたくないような不味《まず》い出来事も見られてしまうような可能性がある以上はあまり気安く昇格試験を受けます、とはいえない。

黒鉄級の今ならば、数多《あまた》いる冒険者の中の一部ということでそれほど注目されることもないはずなのだが、これが白銀級以上に上がるとなると突如として世間からの注目を集めるようなことになりかねないからだ。

「名前が売れりゃ、その分厄介《やっかい》ごとが増えるからな。傭兵《ようへい》だって二つ名、通り名がある奴らってのは幅《はば》を利《き》かせるもんだが、何かありゃ功名目当ての有象無象《うぞうむぞう》にしょっちゅうつけ狙われたりするもんだしな」

「ご経験がおありですか？」

「あるわきゃねぇだろ。俺は普通の傭兵で、それほど名前が売れてたわけじゃねぇんだからよ」

そう言われたアイヴィはきょとんとした顔をしてから、さらにカウンターの下からなにやらごそごそと紙を引っ張り出してくると、そこに書かれている何かに目を通してから目の前にいるロレンの顔と見比べ出す。

「なんだよ？」

「いえ、冒険者ギルドって冒険者に対しては放任主義のようで、実は結構色々と調べたりしている組織なんですよ」

アイヴィは声を潜《ひそ》めたままロレンにそんなことを言い出した。

あまりおおっぴらにできるような話ではないらしいが、冒険者ギルドは所属している冒《ぼう》険者達全《けんしゃたちすべ》てではないとしても、それなりに目についた冒険者に関してはその巨大な組織力を生かして情報を収集しているのだとアイヴィは言う。

「本来の目的は、犯罪者などを組織から追い出すためなんですが」

「言いてぇことは分かるが、それがどうした？」

「ロレンさんに関する調査報告書っていうのがあるんですよ」

その情報は本来はロレン本人に伝えていいわけがない情報であった。

自分の過去を調べ上げられたと聞かされればいい気持ちになるわけがなく、ましてその本人に貴方《あなた》のことを調べましたよと告げていいわけがない。

少しばかり口が軽すぎるのではないかと、気分を悪くする前にアイヴィのことが心配になってしまうロレンなのだが、アイヴィの方はそんなロレンの思いには気付くこともなく先を続けた。

「それによりますと、ロレンさんは戦場で〈斬風《きりかぜ》〉という二つ名で呼ばれた凄腕《すごうで》の傭兵だった、という記載《きさい》があるのですが」

「そいつは勘違《かんちが》いだ。第一、その二つ名を持った傭兵は戦争に参加するだけで戦局を変えたっていうくらいの凄腕なんだろ？　今はどうだか知らねぇが、傭兵やってたころの俺じゃそんなのは無理だぜ」

今ならば自分一人で戦局を変えるほどの戦力になりうるだろうかと自問してみれば、戦争の規模にもよるのだが、結構いけそうな気がしているロレンである。

ただしその場合はどうしても〈斬風《きりかぜ》〉とは呼ばれないだろうなとも思っていた。

「いくつかロレンさんが参加された戦争に関する記述もあるのですが」

「そう言われても、どの戦争で何をしたかなんてことは覚えてねぇよ」

各地を転々としながら戦に明け暮れていたロレンからしてみれば、どこどこの戦いで何があったか、というようなことは古い記憶から順番に忘れ去っていく程度のものでしかなかったし、そもそも戦う場所や時期については傭兵団の団長や幹部連中が決めていたことであるので、どこで戦争をしていたのかという情報ですらロレンの頭の中ではあやふやな記憶しか残っていない。

それくらいにロレンは多数の戦場を渡《わた》り歩《ある》いていたということの証明でもあるのだが、冒険者として生業を立てている今には、何の意味もない話だとも思っている。

「んなことはどうでもいいんだ。それより何とかその依頼《いらい》を受けることってできねぇのか?」

釈然《しゃくぜん》としない顔をしながら、報告書だという紙をくるくると丸めてカウンターの下に仕《し》舞《ま》い込んでいたアイヴィへ改めてロレンが問えば、紙を片付けたアイヴィはしばし考えるような素振《そぶ》りを見せた後でその問いに答えた。

「ないこともないですが……」

「どうすりゃいいんだ?」

聞いてみて、とても実現不可能だと思ったのであればきっぱり諦めようとロレンは考える。

　どうせだから物のついでに依頼を引き受けておこうかくらいの軽い考えであり、規則通り引き受けられないのであれば、無理に規則を破ることもない。

「それはこの依頼を受けた白銀級パーティに加えてもらうか、あるいはロレンさんのパーティに白銀級の冒険者を入れて、一時的にでもその方にパーティリーダーを務めてもらいさえすれば受注することができます」

　白銀級パーティと言われて、ロレンの脳裏《のうり》に以前知り合った白銀級冒険者のパーティのことが一瞬《いっしゅん》よぎった。

　しかし、今回は完全に自分達《たち》の都合による行動であり、巻き込んで迷惑をかけるというわけにはいかないだろうとも思う。

　ならば、一時的にでもロレン達のパーティに加入してくれる白銀級冒険者がいるか、という問題になるのだが、そんなことはロレンに分かるわけもない。

「私としましては、ロレンさんに白銀級に上がってもらうのが一番いいと思うのですけれども」

　わざわざ他の白銀級冒険者を探さなくとも、ロレン自身がなってしまえば普通《ふつう》に受けられる依頼なのだから、というのがアイヴィの言い分である。

どの方法が最もいいのだろうかと考えながらロレンは一度この情報をラピス達のところへ持ち帰り、相談してみる必要があるだろうと思うのであった。

「白銀級冒険者の協力ですか」

ロレンがアイヴィとの会話を切り上げて隣接《りんせつ》する食堂のラピス達のところへと戻り、会話の中でアイヴィから言われた条件について説明をするとラピスは眉《まゆ》を寄せながらそんな一言を漏《も》らした。

おそらくラピスの頭の中では、ロレンと同じように以前知り合いになった白銀級冒険者の名前が思《おも》い浮かんでいるはずではあるのだが、未帰還率四割という仕事に付き合わせるというのはやはり気が引けるらしく、その名前を口にするようなことはない。

「いっそロレンさん、昇級《しょうきゅう》してしまいます？」

「勘弁《かんべん》してくれ」

ロレンが即答《そくとう》すればラピスはやや不満げな顔を見せはしたのであるが、無理に勧める気もないのかそれ以上何か言うことはなかった。

「無理に依頼として受ける必要はねぇんだろ？」

「もらえる物がもらえないというのは少々損をした気分になりますよね」

今一つ納得のいっていないようなことを言うラピスであるのだが、冷静に考えてみれば火笛山の調査を依頼として受けたとしても、白銀級冒険者に協力を要請《ようせい》すれば、当然無料というわけにはいかず、支払《しはら》う金額を考慮《こうりょ》に入れれば大した収入になるとは思えない。

もちろん、全くないよりはいいのだろうがそれを得るまでにかかる手間を考えれば、個人で勝手に動く形を取った方が面倒が少ないように思える。

「でも仕方ありませんか……折角《せっかく》楽してお金が手に入るかと思っていたんですが」

酷《ひど》く残念そうなラピスであるのだが、ロレンにはそのラピスの言葉が分からない。

未帰還率四割という何気に危険な依頼を、ラピスは楽にお金が手に入る仕事だというのだ。

普通に考えれば、到底《とうてい》出てこない言葉である。

何かワケがあるのかと、聞いてみようかと思ったロレンだったのだが、そのロレンが口を開く前に、ロレン達が座《すわ》っているテーブルに断りもなしに座る人影《ひとかげ》があった。

「楽してお金が入る仕事の話、詳《くわ》しく」

感情を窺《うかが》い知《し》ることができない碧眼《へきがん》。

乱れなく極限まで研《と》ぎ澄《す》まされた技巧《ぎこう》により黄金から生み出されたような長い髪《かみ》。

鋭《するど》く尖《とが》った短剣《たんけん》の刃《は》のような耳が特徴的《とくちょうてき》で、動きやすさを重視した身なりや、背負った弓から受ける印象は、森の狩人《かりゅうど》のそれである。

一瞬、その登場があまりに唐突《とうとつ》過ぎてロレンはその人物の名前が口から出てこなかったのだが、隣に座るラピスは顔よりもその人物の胸元《むなもと》へ視線を向けながら即座《そくざ》にその名前を口にして見せた。

「ニムさんじゃないですか」

「ラピス、どこを見ているの？　場合によっては戦争……容赦《ようしゃ》はしない」

その声音《こわね》の冷たさに、自分に向けられた言葉ではないというのにロレンは背筋を震《ふる》わせてしまう。

だが、その言葉の先にいるラピスは、すぐに視線をニムの無表情な顔へと向けると、柔《やわ》らかく微笑《ほほえ》んだ。

「お久しぶりですニムさん。全くお変わりなく」

「エルフは長命……その変化は人には分からない」

人ではないのだけれど、という突っ込みを内心でしてしまうロレンなのだが、もちろんそんなことを言えるはずもなく沈黙《ちんもく》を保っていると、いくら睨んでみても微笑む顔を全く崩《くず》さないラピスに根負けしたのか、ニムが吐息《といき》を一つ漏らしてから、ロレンの方を向く。

「話題を変える。楽にお金が儲《もう》かる話があると聞こえた。一枚噛《か》ませて欲《ほ》しい」

そう言われてもロレンには、ラピスが今回の話をそう評した理由が分からない。

ニムはエルフの狩人であり、冒険者として登録している存在であり、しかもその階級は白銀級となっている。

いわば現状においては渡りに船というような存在であるのだが、自分で分からないものを他人に説明できるわけもなく、ロレンはいまだに不自然な微笑《びしょう》を浮かべたままの顔のラピスを肘で軽く突《つ》いた。

「比《ひ》較的《かくてき》楽に、ということで鼻歌交じりにお金が稼げるというお話ではないのですが、お聞きになりますか、ニムさん？」

「聞かせて欲しい。実はお金がいる」

ニムの言葉にロレンは少しだけ目を見張る。

基本的に森に生息し、森の恵《めぐ》みを受けて生活していると言われているエルフは貨幣《かへい》というものにほとんど価値を見出《みいだ》すことがない。

これは人里に出てきたエルフも似たり寄ったりで、多少は考え方も変わったりはするものの、自ら進んで金を稼ぎ出《だ》そうと邁進《まいしん》するエルフというのはほとんどいないのだ。

ほとんどいないということは少数は存在するということなのだが、その少数は何らかの理由があり、仕方なくといった事情を抱《かか》えていることが多い。

「何があった？」

仕事の話や金の話よりも、ニムというエルフが金を必要としている状況《じょうきょう》に追い込まれているかもしれないということを気にしたロレンへ、ニムがそっと手を伸《の》ばしてその頭をゆっくりと撫《な》で出した。

「ロレンはいい子。今、私のことを心配してくれた」

「ロレンさんがいい人なのは前からずっとです。私のですよ」

「俺《おれ》は物じゃねぇよ……」

ニムに撫でられながらという、あまり締《し》まらない恰好《かっこう》でロレンが抗議したのだが、ラピスは聞こえない振《ふ》りをしたのか、それとも本当に聞こえなかったのか、どちらなのか判断に迷うようなタイミングで真顔に戻ると、充分《じゅうぶん》撫でたと満足したのかロレンの頭から手を離《はな》したニムに話しかける。

「お話しするのはやぶさかではないのですが、ロレンさんが心配したようにニムさんがお金を必要としているという事態が気になります」

何度か顔を合わせているニムやニムの仲間達であるのだが、ラピスが見た限りではその誰もが金に困っているような雰囲気《ふんいき》を漂《ただよ》わせてはいなかった。

もっとも、最後にあったときからいくらか時間は経《た》っているので、その間に何かあったのかもしれないとも考えはしたのだが、どう想像してみてもラピスの知るニムのパーティメンバーの中で、急ぎで金が必要となるほどに身を持《も》ち崩しそうなメンバーはいない。

一番だらしなさそうだった盗賊《とうぞく》のチャックという男ですら、限度というものを知らないような人間には見えなかったのだ。

「ラピスも心配してくれる。ありがとう。でも心配されるようなことじゃない」

パーティが急にお金を必要とする場合というのは、たとえば何らかの依頼に失敗し、結果として多額の賠償金《ばいしょうきん》や違約金《いやくきん》を支払わなければならなくなった場合。

もしくは高額な買物をしてしまったせいで、資金繰《しきんぐ》りが上手《うま》くいかなくなった場合などが主に考えられるのだが、そのいずれもがろくでもない事態であるという共通項《きょうつうこう》を持っている。

ならばニムがお金が必要になったと言い出したのを心配するのは当然のことであったのだが、ニムが笑いながら言った言葉に嘘《うそ》は含《ふく》まれているようにはロレンにもラピスにも思えなかった。

「実はその……チャックがついに落ちた」

「はい？」

本当に困った状態に陥《おちい》っているのであれば、白銀級の冒険者が黒鉄級の冒険者に窮状《きゅうじょう》を訴《うった》えるというのは憚《はばか》られるのかもしれない。

しかしそんな事情を話してもらえなければ、話を先に進めるわけにはいかないというような雰囲気を醸《かも》し出しているロレンやラピスの様子に、このまま黙《だま》っているわけにもいかないと観念したのか、もじもじとテーブルの上で両手の指を絡《から》ませながら、俯《うつむ》き加減でしばらく黙っていたニムが、どうにかこうにか小声で搾《しぼ》り出した言葉に、ラピスは何かの聞《き》き間違《まちが》えだろうかと聞き返してしまった。

その聞き返し方に少しばかり険が含まれており、思わず身を縮ませてしまったニムだったのだが、ラピスが何か怒《おこ》っているわけではないらしいことを見て取ると、俯いたまま小声で、しかもかなりの早口でぼそぼそと事情の説明を始める。

その説明によれば、以前からおそらく親密な仲なのだろうという気配を漂わせていたチャックとニムの二人だったのだが、この度《たび》晴れてパーティ内結婚《けっこん》というものに漕《こ》ぎ着けたらしいのだ。

それを聞いて非常におめでたいことであると祝福するロレンとラピスであったのだが、話はそこで終わってはおらず、そこから先の話が今回ニムがロレン達に接触してきた事情であるらしい。

「私の部族では、婚姻《こんいん》する男女は互《たが》いに一つずつ贈《おく》り物《もの》をする決まりがある」

一口にエルフと言っても、種族としては一つなのだがその中には結構な数に分かれた部族という単位が存在するらしく、その部族ごとに異なった風習を持ち、それを守り続けているのだとニムは説明した。

そんな風習の中、ニムが所属していた部族にはそのような決まりが存在していたのである。

ニムもチャックも、蓄《たくわ》えがないわけではなかったのだが、やはり一生に一度のことともなれば贈り物というものもそれなりに気合が入ったものにしたいと考えたのだ。

しかしながら、その気合が入ったものを購入《こうにゅう》するのには少しばかり手持ちが足りなかった、というのが急ぎで金がいる理由であるらしかった。

「そんな高価なもんを買うのか？　一体何を買う気なんだ？」

「言えない。それは夫婦間《ふうふかん》の秘密。二人が一緒《いっしょ》になって初めて共有する秘密」

耳の先まで紅潮させつつうつむいたままのニムの姿に、それ以上の追及《ついきゅう》は酷《こく》であろうとロレンは口をつぐんだ。

それはラピスも同じことを考えたらしく、惚気《のろけ》ともとれるニムの話に少しばかり眉根《まゆね》を寄せながらも、余計なことを口にするつもりはないらしい。

「そんなわけで、お金が欲しい。できれば、すぐに」

「なんで一人なんだ？　その話じゃチャックも金が必要なんだろ？」

周囲を見回してみても、ニムの仲間であるチャックをはじめとした面々の姿がない。

同じ稼ぐのであれば一堂に会して、一緒に行った方が効率がいいのではないか、と思うロレンだったのだが、相手に贈る物を秘密にする以上、資金の稼ぎから購入までの一連の行動を結婚相手と共にするわけにはいかず、現在は単独行動中であるのだとニムはロレン達に説明する。

「リッツはたぶん、チャックを手伝っている」

パーティメンバーは四人しかいない。

そのリーダーである戦士のリッツがチャックの手伝いに回ったとなると、残りは魔術師《まじゅつし》であるコルツという老人になるのだが、コルツは結構な老齢《ろうれい》であり、狩人であるニムに付き合うには少々無理があった。

無理に付き合わせて、コルツに怪我《けが》でもされれば非常に申し訳のない話であるが、自分一人だけでは心もとないと考えたニムは、以前に面識のあったロレン達のことを思い出し、助力を願おうとしてラピスの言葉を聞いたらしい。

「迷惑はかけないだけの力はあると思う」

そう語るニムは、通常ならば確かに本人が言うとおりの実力者なのであるが、グーラやラピスの正体を考えると、いささか見劣《みおと》りすると言わざるを得ないというのがロレンの感想である。

それでも今回の仕事の難易度が分からないロレンは、ニム参入の可否の判断をラピスに一任することにした。

「そこそこ簡単に、とは言いましたけれども、安全を保証することはできないのですが、それでも構いませんか？」

「構わない。冒険者の仕事というのはそういうもの」

「仕事の報酬《ほうしゅう》は四等分という条件に異存ありませんか？」

「ない。でも少し色をつけてほしい」

図々《ずうずう》しいと取られてもおかしくない要求ではあったが、元々ニムはロレン達より格上とされている白銀級冒険者であり、その資格がなくては冒険者ギルドからの依頼を受けることができないのだから、当然の要求であるとロレンは考える。

それはラピスも同じ想《おも》いだったらしく、特にニムからの条件を咎《とが》め立《だ》てするようなこともなく頷《うなず》いてみせると、よろしくとばかりにニムへと手を差し出し、差し出されたニムはこちらこそとばかりにその手を握《にぎ》るのであった。

善は急げ、というわけでもないのだが、白銀級冒険者であるニムの参加を取りつけたロレン達はすぐにアイヴィのところへ赴《おもむ》くと、火笛山周辺探索《たんさく》の依頼を受ける手続きを行った。

アイヴィの方も冒険者ギルドが提示する条件さえ揃《そろ》っていればロレン達に依頼を出すことに問題があるとは思っておらず、ニムをパーティリーダー扱いとして登録して依頼の受理を認めてくれる。

「私、リーダー？」

「処理上必要な処置なんだとご理解ください」

自分のことを指さしながら戸惑《とまど》ったような声を出したニムに、ラピスがすかさず、短く状況説明を行う。

ロレン達のパーティに協力し、その見返りとして依頼料《いらいりょう》を分けてもらう気であったニムとしてはいきなりパーティリーダーなどという役割に割《わ》り振られるというのは、考えてもいなかったことで戸惑ったのであろうが、ラピスの説明に少し安心したように胸を撫で下ろす。

調査依頼の内容としては、火笛山周辺の探索とその山に住んでいると言い伝えられているドラゴンの存在の確認というのが主なものである。

もっともこのドラゴンの存在というものについては、過去上がってきている報告の中では遭遇《そうぐう》例が一つもない話であるので、見つからなければ見つからなかったと報告を上げるだけで問題はないらしい。

「本当にドラゴンなんているのか？」

出発の準備を行いながら、ロレンが疑問を呈《てい》する。

未帰還率四割というのは確かに結構高い確率でパーティが全滅《ぜんめつ》していることを意味しているのだが、別な見方をすると六割に及《およ》ぶ帰還組はドラゴンと遭遇していないということであった。

未帰還の理由が、ドラゴンと遭遇したせいで帰って来れなくなった、というものばかりであるならばドラゴンとの遭遇率もそこそこ高いと見ることができるわけではあるのだが、全《すべ》てがドラゴンと遭遇したことによる未帰還だ、とは誰も言いきれない。

火笛山自体はドラゴンが住んでいるかもしれないと言い伝えられるだけあって、魔物《まもの》が住んでいるという情報はないのだが、その近辺には他の種類の魔物達《まものたち》も生息しているということが、以前そこを調査した冒険者達《ぼうけんしゃたち》から報告として上がっている。

それらの魔物や火笛山まで行く途中《とちゅう》に遭遇するかもしれない、何らかのアクシデントによって白銀級冒険者のパーティが全滅していたのだと考えれば、途端《とたん》にドラゴンがそこに存在している可能性は低いものへと変わってしまう。

「エメリーさんが間違った情報を口にしていなければ、確実に存在しているはずです」

いつものように借りてきた荷馬車を曳《ひ》く馬を撫でて宥《なだ》めてやりながら、答えたラピスの言葉にロレンは首を竦《すく》めてからまとめていた荷物を荷馬車の荷台へと放《ほう》り込んだ。

その近くでは同じく荷物をまとめていたニムが、やや複雑そうな顔をしながらぶつぶつとなにやら呟《つぶや》いている。

ロレンが耳を澄ませてそれに聞き耳を立ててみれば、どうやら簡単にお金を稼げるという仕事が火笛山近辺の調査であるということを聞いて、参加するといってしまったことを後悔《こうかい》している、といったような内容の呟きであった。

無理もないとロレンは思う。

少なくとも数字の上だけ見てみれば、未帰還率が四割に達するような依頼が簡単にお金を稼げる仕事であるわけがない。

「リッツが言ってた。この仕事が終わったら結婚する、は死の言葉。私はチャックの妻になれないかもしれない」

どこか虚《うつ》ろな声で、そんなことを言うニムの声を聞かされて、ロレンは口をへの字に曲げてしまうが、絶対に生きて帰れる保証があるわけでもなく、慰《なぐさ》めの言葉が出てくるわけもない。

「縁起《えんぎ》でもねぇこと言ってくれるなよ」

そんな風に思いながらも今更《いまさら》、参加するのを止めると言い出さないニムの律儀《りちぎ》さに感謝しつつ、ロレンは自分の傭兵時代のことを思い出していた。

確かにニムがいうような、この仕事が終わったら傭兵を辞《や》めて故郷で結婚するとかいう台詞《せりふ》を口にした者は、次の戦場で死ぬ可能性が高いというジンクスのようなものは傭兵の間でもそれとなく言い伝えられている話ではある。

しかし長く戦場暮らしなどをしていると、それはそんなことを言った者に対する印象が記《き》憶《おく》の中ではやや強く残っているせいで、そんなことを言う者ばかりが死んでいるように思えてしまうだけで、実際死ぬ者は前日何を言っていようがいまいが死んでいるし、死んでいない者は何をしようが生き残るものなのだ。

「そうですよ。大体、ドラゴンに関してのみでしたら戦闘《せんとう》を避《さ》けるアイテムがちゃんと手元にあるんですから」

「そんな便利なもんがあるのか？」

ドラゴンと遭遇すること自体が稀《まれ》ではあるといっても、確実にドラゴンとの戦闘を回避《かいひ》することができる道具があるのだとすれば、お守り代わりに一つ持っていても損はしないだろうとロレンは考える。

ただ非常に高価なものなのだろうなと考えていると、ラピスは自分の荷物をごそごそと漁《あさ》っていたかと思うと、中から巻物を一つ引っ張り出してきた。

それがそのドラゴンとの戦闘を回避することができる道具なのだろうかと、興味に駆《か》られてラピスの手元へ目をやるロレンなのだが、どこからどう見てもラピスが握っているのはただの巻物にしか見えない。

もしや一般的《いっぱんてき》には知られていないドラゴン避《よ》けの魔術《まじゅつ》でも記述されているのだろうかと考えたロレンだったが、ラピスの答えは違《ちが》っていた。

「実はこれ。とあるエンシェントドラゴンのところから頂いてきた巻物です」

エンシェントドラゴンと聞いてニムが目を見開く。

その名前は普通に冒険者をやっていれば、一生お目にかかることがなくとも不思議ではないほどのものであり、白銀級の冒険者といえどもそれは同じことが言えた。

ニムの反応はそういった点からして当然のものであったのだが、ロレンとグーラは特に驚くこともなくラピスが持ち出した巻物を見ている。

とあるエンシェントドラゴンとはおそらくは以前に別な仕事の時に出会った、魔族領に住んでいるエメリーのことであり、頂いてきた巻物というのはたぶん、エメリー自らが保持している財宝の山の中から引っ張り出して来て、ラピスに人族の領域に住んでいるエンシェントドラゴンの情報を教えた時に広げた地図であろうと見当がついていたからだ。

だがそれがドラゴン避けになる理由の方はさっぱりである。

「何か高価な巻物?」

ニムの問いかけに、ドラゴンを避ける魔術などあるのだろうかと考えてしまうロレンだったのだが、ラピスは首を横に振り、自分が取り出した巻物についての説明をする。

「いえ、これ自体にそのエンシェントドラゴンの魔力《まりょく》が付与《ふよ》されていまして、これを持っていれば少なくともいきなり襲《おそ》われることはないだろうという代物《しろもの》です」

いずれロレン達がその人族の領域に住む同胞《どうほう》を訪ねていくかもしれないと考えたエメリーが、それこそお守りのようにして使うようにとラピスに持たせてくれたのがその巻物であるということらしい。

いきなり侵入者《しんにゅうしゃ》としてエンシェントドラゴンに認識《にんしき》され、襲撃《しゅうげき》されようものならばひとたまりもなく殺されてしまうかもしれなかったが、魔力の質からしてロレン達が他のエンシェントドラゴンの知り合いだとドラゴンの方で理解してくれれば、襲撃してくる可能性は非常に低くなる。

後は会話が成立すれば、ほとんど労せずして火笛山のドラゴンに関する情報を手に入れることができ、あまり苦労することなく依頼を達成することができるだろうというのがラピスの立てた算段であった。

「そんな上手くいくもんか？」

ラピスが考えた通りに上手くことが運べばそうなるのかもしれなかったが、そうならなかった場合は、普通にドラゴンの襲撃を受けることになりかねない。

疑わしそうな目を向けるロレンに、ラピスは淡々《たんたん》とした口調で答える。

「エメリーさんから直接手渡《てわた》された、エメリーさん手ずから魔力付与《まりょくふよ》した一品ですよ？　これが駄目《だめ》なら何を持っても駄目でしょう」

「ならそいつを持って火笛山のドラゴンに会うことができりゃ、とりあえず仕事は終了《しゅうりょう》ってわけか。まぁまぁ楽そうな仕事だな」

火笛山の周囲に魔物が住んでいるという情報はあっても、魔物などはどこにでも住んでいるもので、他に比べて危険度が高いということもない。

事前にアイヴィから聞いている情報では、確認《かくにん》されている魔物はオークやオーガといった弱くはないものの、とりたてて強力であるともいえない程度の魔物くらいであり、それならば対処も可能ではないかとロレンは思う。

多少見通しが甘《あま》い気がしないこともないロレンなのだが、最悪を考えた場合は全員仲良く全滅する未来しかない。

「またわんさか大量に出てきて、手に負えん話になったりしないやろうね？」

どこか疑わしげに言うグーラであるのだが、そうそう何度も魔物の大量発生に出くわすということは考えにくいことでもあるし、考えたくもない話でもあった。

それでなくとも虫やらアンデッドやらゴブリンやら人間やらと、大量の何かに追われることが多いロレン達である。

「オークの大群とか、考えたくもねぇな」

オークという魔物は人の目から見て非常に醜《みにく》く、しかも臭《くさ》い。

そんなものが大量に押《お》し寄《よ》せてくるようなことになるなどとは考えたくもないロレンである。

「そんなのが発生したら、近隣《きんりん》の女性は軒並《のきな》み連れ去られて、とんでもないことになるんじゃないですか？」

他の種族の女性を苗床《なえどこ》にする、という行為《こうい》はゴブリンでも見られるのだが、オークという種族はゴブリンのさらに上を行く。

ゴブリン達はたまたま手に入った冒険者や、たまたま遭遇した村などを襲って女性を攫《さら》ったりするのだが、オーク達は四六時中、女性冒険者や手薄《てうす》な村を探しては積極的に襲い掛《か》かり、女性だけを連れ去るという習性がある。

あまりに積極的かつ常態的にそんなことをしているので、女性冒険者達が嫌悪《けんお》を覚える魔物ランキングでは、常に上位をキープしているくらいに嫌《きら》われている魔物だ。

「古代王国も、オークの繁殖《はんしょく》だけはせぇへんかったんやで。下手に手ぇ出しとったら、もしかしたらそれが古代王国滅亡《めつぼう》の理由になっとったんかもしれんなぁ」

オークという名前が出てきた途端に、にやにやと笑いながらグーラがそんな知識を披露《ひろう》してみせた。

オークの大量発生で滅《ほろ》ぶ国というものは、非常に聞こえが悪いものの、実際オークの繁殖技術などというものが確立しようものならば、ありえない話でもなくげんなりとした顔になるロレンだったのだが、そんな話題にロレンでもラピスでもなく、作業中のニムがなぜか食いついた。

「グーラ？　よくそんなこと知ってる」

「え？　あぁその、うちはほら魔術師やさかい、やっぱ古代王国については勉強しとかんとあかんなーってことで」

感心したようにまじまじとグーラを見つめるニムに、しどろもどろになりながら言い訳を始めるグーラ。

軽口のつもりで口を挟《はさ》んだのであろうが、ニムといういわゆる部外者がいるところにおいては不用意な発言であり、ロレンもラピスも助け船を出すようなことはなく、ちらちらと視線を向けてくるグーラを無視して荷造りの作業を続ける。

尻拭《しりぬぐ》いは自分でやって、少しは困れといわんばかりの二人の態度にグーラは非常に焦《あせ》りながらもどうにかこうにかニムを煙《けむ》に巻《ま》いていく。

そうこうしている間に荷物の積み込みは終わり、ラピスを御者《ぎょしゃ》とし、その隣《となり》にロレンが座り、荷台にグーラとニムが座る形で乗り込んだ一行は、ゆっくりとカッファの街路を南門へ向けて走り出した。

第二章　旅路から了承する

カッファの街の南門を昼過ぎ辺りに出発したロレン達は荷馬車に揺《ゆ》られてそれほど急ぐこともなく南へと向かう。

その御者台《ぎょしゃだい》でぼんやりと、ラピスが馬を操《あやつ》るのを眺《なが》めていたロレンは、ふと思いついたことを確認するべく、馬車の操作にかかりっきりのラピスに話しかけた。

「なぁラピス。徒歩で二日と馬車で一日だと、馬車で一日の方が遠いよな？」

「微妙《びみょう》なラインですね」

手綱《たづな》を握って馬を操る以外には、特にすることのないラピスはロレンの質問に対して視線を前方へと向けたまま答える。

「大体同じか、ちょっと馬車の方が遠くになるのではないでしょうか」

「ってぇことは、あそこに寄れるんじゃねぇか？」

「あそこ、ですか？」

突然《とつぜん》出てきたロレンの言葉にラピスは首を傾《かし》げる。

その動作で少しだけ荷馬車の進行方向が斜《なな》めにズレたのだが、すぐにラピスはそれを修正してから、改めてロレンに尋《たず》ねた。

「どこのことです？」

「ディアんとこだよ」

「あぁ、あの首だけ神祖エルダーさんのとこですか？」

ガタンと大きな音と、軽く荷馬車が揺れる衝撃《しょうげき》があってロレンが肩越《かたご》しに振り返《かえ》ってみれば、荷馬車の上でニムが仰向《あおむ》けにひっくりかえっているのが見えた。

ニムの衣装からして、そんなに堂々と仰向けに転がられてしまうとロレンの位置からでは見てはいけないものが見えてしまいそうな角度であるのだが、それよりも仰向けに転がってみても隔《へだ》てるものがなく、ちゃんと顔が見えるのだなという事実に、思わず目頭《めがしら》を押さえてしまう。

「ロレン、その動作について詳しく」

「目にゴミがな。で、そんなに大げさに転がってどうかしたのか？」

仰向けの状態から顔だけを起こして睨《にら》みつけてくるニムに、そんな言い訳を返してからロレンが尋ねると、ニムはその体勢から横へ転がり、荷車の上で四《よ》つん這《ば》いになる。

「今、神祖エルダーって言った？」

「言ったがどうした？」

エルフ特有の端整《たんせい》な顔を引《ひ》き攣《つ》らせているニムに、何をそんなに驚《おどろ》いているのだろうかと不思議に思うロレンの脇《わき》を、ラピスが肘《ひじ》で突いた。

何事かとそちらへ視線を移せば、やはり手綱を握り、前を向いたままの姿勢でラピスは隣にいるロレンにだけ聞こえるような声量で囁《ささや》く。

「驚くのも無理はありませんよ。だって神祖ですよ、神祖。ロレンさんは少し感覚がマヒしかけているので実感がないのでしょうが、普通神祖に会いに行くなんて聞かされた場合は、ニムさんのような反応が一般《いっぱん》的です」

「そうは言うがよ……」

他に驚いている者がいないだろうと言いかけたロレンだったのだが、このパーティのメンバーは自分とニム以外には魔族と邪神《じゃしん》しかおらず、一般的という言葉とは非常に縁遠《えんどお》い面々であることを思い出して口を閉じる。

「あー、ニム。心配になるのも無理はねぇと思うんだが、この神祖ってのは依然《いぜん》俺達《おれたち》と面識があって、襲ってきたりはしねぇ神祖だから、そんなに心配することはねぇよ」

「その説明では少しも安心できない」

「ちっと聞きてぇことがあってな。足を延ばすついでに寄ってみてぇなと」

少し前に引き受けた仕事の中で知り合ったディアという名の神祖は、その拠点《きょてん》をしばらく動かす気はないので、何かあれば訪ねてくるようにロレン達に言っていた。

しかしその後、神祖に会いに行くような用事はなく、近くまで行くということもなかったせいで、ロレン達はその神祖とは会っていない。

どうせ近くまで行くのなら、顔くらいは出していくのが礼儀《れいぎ》かもしれないと思うのに加えて、ロレンにはちょっとした用事がその神祖にあったのだ。

「少なくとも神祖は、ついでで会いに行くような相手ではない」

「ちょっと遠回りになると思いますが、ご無沙汰《ぶさた》していますし、いい機会かもしれないですね」

できれば行きたくない、というような雰囲気をたっぷりと醸し出しているニムであったのだが、それに気が付かなかったようにラピスはそんなことを言いながら馬車を走らせていく。

そんな会話をする一幕があったりはしたものの、旅自体は非常に順調なものであった。

ラピスやグーラが魔族や邪神としての気配をうっすらとでも漂わせながら移動しているのであれば、少し勘《かん》のいい獣《けもの》や魔物などは寄り付いたりしないものなのだが、どうしても一般の旅人なども使う街道《かいどう》を進んでいる間は、そんな物騒《ぶっそう》な気配を振りまくわけにもいかず、ラピスもグーラも気配を極力抑《おさ》えて普通《ふつう》の人族の振りをして進む。

それでも気付くものは気付くのだが、そうでないものは事情を知る者から見れば非常に無謀《むぼう》なことに、ロレン達《たち》の荷馬車へ襲撃をかけようとする。

だが荷馬車の上には今回、ニムという凄腕《すごうで》のエルフの狩人が乗っていた。

人族と比べて遠くまで見通す目と、些《さ》細《さい》な音すら拾い上げる優《すぐ》れた耳。

それにニムの狩人としての腕が加われば、その手に握られた弓の射程距離《きょり》内であれば狙《ねら》われて逃《に》げられる存在は一つとしてなかったのである。

「こうしてみると、とんでもねぇ腕だよな」

街道沿いにまばらにある茂《しげ》みに身を隠《かく》しながら、ロレン達の荷馬車に接近しようとしていたゴブリンの群れが、まるで茂みを透《す》かしてその姿が見えているかのように次々にニムが放つ矢によって撃《う》ち抜《ぬ》かれていくのを見ながら、ロレンが感心したようにそんな言葉を口から漏らした。

茂み越《ご》しに撃ち抜かれたゴブリン達は、おそらく最期《さいご》の瞬間《しゅんかん》まで自分が何故《なぜ》死ぬようなことになったのか分からないままに絶命したことだろう。

そんな仲間の姿を見て自棄《やけ》になり、突撃《とつげき》しようとしたゴブリンもすぐさま次の矢に撃ち抜かれて仲間の後を追うことになる。

ろくに接近することもできないままにニムの攻撃《こうげき》を受けたゴブリンの集団は、前へ進むことも後ろへ逃げ出すこともできないままに、その命を散らし続け、やがて全員が平原の上にその躯《からだ》を晒《さら》す結果となった。

「討伐《とうばつ》証明部位は耳だっけか？　回収しとくか？」

「必要ない。どうせいくらにもならない。集める時間が無駄《むだ》」

視線を巡《めぐ》らせて、他に動くものがないことを確認したニムは弓をしまい、腰《こし》に吊《つ》るしていた矢筒《やづつ》を外す。

結構な数のゴブリンが潜《ひそ》んでいたようで、矢筒の中の矢はその数を減らしてしまっていたのだが、荷物の中にはまだ矢の在庫は大分残っている。

「矢くらい回収しとかなくていいのか？」

「ゴブリンの血がついた矢は匂《にお》いがついて使いたくない」

矢の残りが少なくなれば、再利用ということも考えるのだろうがエルフであるニムは嗅《きゅう》覚《かく》も人に比べると優れており、そんな嗅覚をもつニムにとってゴブリンの血の匂いがついた矢を再利用するということは耐《た》えがたいことであるらしい。

「勿体《もったい》ないですね。鏃《やじり》だけでも回収した方がと思ってしまいます」

矢の本体と矢羽は小さな森でも見つければ補充《ほじゅう》することは難しくはない物であるのだが、

どうしても金属を使用している鏃は、失ってしまえば補充するアテがない。

「まだ余裕《よゆう》があるし、矢が切れても戦うことはできる」

身に着けている短刀の柄《つか》をぽんと叩《たた》いてみせるニムなのだが、腕力《わんりょく》についてはやや疑問が残る上に細身であるニムが接近戦を行うというのはどうにも不安の残る話で、ロレンとしてはできるかぎり最も得意な得物である弓で戦い続けてもらいたいという気持ちがあった。

下手に接近戦などさせて、体に残る傷でもつけられようものならば、チャックから何を言われるか分かったものではない、と思ってしまうからだ。

「ディアのとこに矢とかねぇかな。あるんなら分けてもらえばいいんだが」

「神祖なんていうくらいなんですから、矢くらいぱぱっと作ってくれるんじゃないですか？　会えたら聞いてみますか」

「二人が何を言っているのか、理解したくない……」

神祖が住んでいる場所を訪《おとず》れて、矢の補充をねだるなどというのはニムの想像の範囲《はんい》を超《こ》えた行為であり、それを世間話でもするかのような感じで口に出しているロレンとラピスの会話は、ニムにとっては理解できない光景であった。

もしかしたら、もう一人のパーティメンバーも自分と同じ考えを抱《いだ》いているかもしれないとニムがグーラの方を見れば、こちらは周囲で何が起こっていようとも自分には関係ありませんとばかりに荷馬車の上で座《すわ》り込んだまま、こっくりこっくりと前後に船を漕いでおり、こちらもまた信じられない存在だと改めてニムを慄《おのの》かせることになる。

そんな感じで街道を南下し続けていたロレン達一行は、途中の街道沿いで一泊《ぱく》し、明け方からまた馬車を走らせてさらに南下したところで街道を離れ、誰《だれ》もよりつかないような場所にある廃墟《はいきょ》へと荷馬車を進ませたのであった。

位置的には火笛山のやや手前といった場所であり、前回ここへ来た時はここから先へは進まなかったため、遠くに見えているなんとなくあれがそうなのだろうと思われる山にはロレンもラピスも注意を払《はら》っていなかったのである。

「久しぶりに来ましたね」

一見すればこんなところに住んでいる者がいるとは思えない廃墟である。

もちろん、だからこその廃墟なのではあるが。

しかしながらロレン達はその廃墟の地下に、ディアという神祖が居を構えているということを知っていた。

神祖の言うしばらくが、どの程度の期間なのかについてはロレンもラピスも分かるわけがなかったが、何年も経過しているわけでもなく、おそらくまだそこを拠点にしているだろうと考えている。

「こんなとこに、神祖が？」

ロレン達の後に続いて廃墟を歩いていたニムが、周囲を見回しながら呟いた。

確かに人が住んでいるようには見えない廃墟であるのだが、神祖とは分類上では吸血鬼《きゅうけつき》に属する存在であり、人里よりは廃墟の方がまだ似合っているとロレンは思う。

「拠点を移していなければ、いらっしゃるはずなんですが……呼んだら出てきてくれますかね？」

「呼んだら出てくる神祖って、なんか嫌《いや》やろ」

手近なガレキに腰《こし》掛《か》けながら、グーラが苦笑《くしょう》しつつ言う。

そんなグーラを見ていたロレンはやや気になったことを何気なく聞いてみた。

「ちなみに最近ちらほらギルドで聞く邪神と神祖ってのは、どっちが強ぇんだ？」

どちらも呼び名に神がついている。

人から見ればどちらも想像を絶する存在なのではあろうが、では当人達はどのように思っているのかということに興味が湧《わ》いたのだ。

もちろんニムにグーラの正体を話すわけにはいかないので、あくまでも知識豊富な魔術師になんとなく聞いたような風を装っての会話である。

邪神に関する情報はほとんど開示されていないものの、そのようなものがいるらしいということはロレン達が冒険者《ぼうけんしゃ》ギルドに怠惰《たいだ》などと出会った時に報告しているので、それとなくくらいのレベルで流れていた。

「難しいこと聞くなぁ……単純な力比べやったら邪神が勝つかもしれへんなぁ」

「どういうこった？」

「神祖ってのは世界が生み出した、なんていわれとるくらいで、とにかく死なんのよ。首を落としても駄目。心臓を潰《つぶ》しても無駄。炎《ほのお》で焼いても氷で凍《こお》らせても全く無意味。唯一《ゆいいつ》の弱点が熱湯という、台所でかさこそしておるアレみたいな……」

「誰の弱点がお湯じゃと？」

声と同時に背中側から突《つ》き飛《と》ばされたかのようにグーラの体が宙を舞《ま》った。

そのまま地面に激突《げきとつ》し、中々面白《おもしろ》い恰好《かっこう》で動かなくなったグーラの代わりに、それまでグーラが腰掛けていたガレキの上へひらりと飛び乗った人影《ひとかげ》がある。

「久しいのぉロレンにラピス。あとエルフとなんだかよく分からない女ははじめましてというやつじゃな？」

さらりと長い金髪《きんぱつ》をなびかせて、口元には尊大な笑《え》みを浮《う》かべた見た目だけならば年端《としは》も行かぬ一人の少女。

廃墟の光景とは似つかわしくないほどに豪華《ごうか》なドレスで着飾《きかざ》ったその少女は、ガレキの上に危なげなく立つと、少しばかり大げさな動作で自らの長い金髪をかきあげた。

「呼ばれずとも出てきてやったぞ。定命の者。長命の者。そしてよく分からん者。私こそが世界より生まれし神祖が一人。故《ゆえ》あって正しい名は名乗ることはできぬが、ディアと呼ぶがよい！」

胸を張り、高らかにそう宣言して見せた少女。

ロレンはその姿をなんとなくといった雰囲気《ふんいき》で見た後、視線を巡らせて、おそらくはこの少女に突き飛ばされたのであろうグーラの様子を見た。

結構な距離《きょり》を飛ばされて、顔面から地面へ突っ込んだような状態で逆さになっていたグーラの体は少女の名乗りが終わると同時に朽木《きゅうぼく》が倒《たお》れるように地面へ横倒《よこだお》しになる。

そのまま復活してこないグーラが生きていることを祈《いの》りながら、ロレンは改めてガレキの上に仁王《におう》立ちしている少女の方へ意識を向けたのであった。


「それでロレンよ、今日はいったいどんな用向きかの？　あまりに久しぶりすぎて、私のことなど忘れておったのかと思うておったのだが」

「しょっちゅう会いに来るような間柄《あいだがら》でもねぇだろうよ」

神祖と呼ばれる最上位の吸血鬼と毎日顔を合わせるような生活を送りたいとは毛先ほども思わないロレンに冷たくされて、ディアはロレンの目の前に少し強めに叩き付《つ》けるようにして金属製のコップを置いた。

ロレン達と廃墟にて遭遇したディアは、とりあえず外で立ち話をするのもなんだろうという考えから、ロレン達一行を廃墟の地下にある自分の拠点へと案内している。

こんな場所にいったい誰が客として訪れるのだろうかと不思議に思うロレンなのだが、通された部屋は応接室であり、そこのソファに座ったロレン達へディアは手ずから茶の用意をしている真っ最中だったのだ。

金属製のコップ、というのはおそらく多少手荒《てあら》に扱《あつか》ったとしても壊《こわ》れたり割れたりすることがないからで、叩き付けた先であるテーブルもまた同じくなんらかの金属によって作られていた。

「お茶の葉の用意があったんですね」

ロレンとは異なり、音も立てずにそっと差し出されたコップを受け取って、立ち上る湯気の香《かお》りを嗅《か》いだラピスがそう言えば、ディアはなんでもないことのように言う。

「師匠《ししょう》に買い付けに行かせたからの」

「まだ許してあげていないんですか」

当然だとばかりに深々と頷くディアへ、ラピスは苦笑をしてみせた。

神祖であるディアには、保護者兼師匠《けんししょう》ともいうべき神祖がおり、名をシエラと言う。

ロレン達がディアと知り合うきっかけとなった事件で、最終的に裏で糸を引いていたのがこのシエラという神祖の女性であり、そのことがディアにバレてからというもの、ディアから嫌われることを避けるために、無償《むしょう》でこき使われている。

「そのくらいのことはしでかしたと思うんだがの？」

きっぱりはっきりとディアがそう言い切れば、部外者でしかないラピスもロレンもそれ以上何か言う気にはなれずにただただ、一日も早くディアが許しを出してくれるといいなとシエラの身を案じてしまう。

「それはそれとして、最初の質問に戻《もど》るんだがの？」

「ここへ来た理由ってやつか？　近くまで来たから顔見知りを訪ねた、って理由じゃ納得《なっとく》してもらえねぇか？」

淹《い》れてもらったお茶に口をつけながらロレンは、何かしら探《さぐ》るような声音《こわね》で言う。

ちらりと視線を自分のパーティメンバーへと向けてみれば、ラピスは事の成り行きを興味深そうに見守っており、グーラは出されたお茶をさっさと飲み干《ほ》すと、おかわりを要求してディアにむっとした顔で見られている。

よほど地上でガレキの上から突き落《お》とされたことを根に持っているようなのだが、むっとしつつもディアが大人しくティーポットを傾《かたむ》けて、差し出されたコップへとお茶のおかわりを注いでやっているところからして、対応としてはややディアの勝ちに見えた。

一人だけ、差し出されたコップを両手で受け取って胸の前に保持したまま、口をつけることもなく俯《うつむ》き加減でじっとしているエルフがいるのだが、こちらはどうやら神祖の前ということで生きた心地《ここち》がしていないらしく、どれだけロレンが大丈夫《だいじょうぶ》だからと説明してやっても信じようとしなかったので、事が終わるまで放置しておくしかないだろうとロレンは考えている。

「別に私を納得させてくれる必要はないんだがの」

グーラのコップにおかわりを注ぎ終えてから、軽くポットを揺らし、改めて自分の目の前にあるコップにお茶を注ぎつつディアはそんなことをロレンへ言った。

薄紅《うすべに》色の液体がコップの中に満たされていくのをじっと見つめた後、ポットを全員が座っているテーブルの上へと戻すと、自分用のコップを手に取り、深く息を吸い込んで香りを楽しんでからそっとコップに唇《くちびる》を寄せる。

「用がないなら来るな、と言っているわけではない。用がなくともロレンやラピス、その仲間だというならば歓迎《かんげい》しよう。ただ用件があるならば、まずそれを終わらせてからお茶を楽しんではどうだろうかの、という提案に過ぎん」

言い終えてからディアはコップから茶を一啜《ひとすす》りする。

なんとなく、老人めいた動作に見えて目を瞬《まばた》かせるロレンなのだが、実際に目の前にいる少女は見た目こそ少女ではあっても数百年を生きる存在であることは間違《まちが》いなく、その動作に年季が入っていても何もおかしなところはない。

用件があるのであれば、それを済ませてからゆっくりしたらどうかというディアの申し出はロレンにとっては非常にありがたいものである。

ならばその申し出に甘えさせてもらおうかと口を開きかけたところで、突如《とつじょ》としてグーラが口を押さえて仰《の》け反《ぞ》ると椅子《いす》ごと仰向けに倒れていった。

何事かと身構えつつ床《ゆか》の上に伸《の》びてしまったグーラを見れば口元が真っ赤に腫《は》れ上《あ》がっており、なにやら火傷《やけど》でも負ったような状態に思わずそれまでグーラが口をつけようとしていたコップをロレンは見てしまう。

湯気も立っておらず、コップ自体に指先を触《ふ》れさせてみても中身であるお茶に温められたのであろう金属が我慢《がまん》できないほどではない熱さを伝えてくるだけで、とても唇全体を火傷するような状態にはない。

だがその中身であるお茶の方へ指を近づけようとしたロレンだったのだが、それほど指が近づかないうちにテーブル越しに伸びてきたディアの手が軽くその手を押さえた。

「止めておくべきじゃろうな。指先に火傷を負うと色々面倒《めんどう》じゃし。そもそもすこぶる熱いし痛いぞ」

「湯気とか出てねぇんだが……」

「お茶の表面に油でも垂らしたかの？」

しれっと言ってのけたディア。

ロレンはディアの手の中から自分の手首を引き抜きつつ、出した手を引っ込めながら倒れた時に後頭部でも打ったのか、ぴくりともしなくなったグーラを見下ろしつつ考える。

どうやら無作法におかわりを要求した態度というものがディアの怒《いか》りを買ったらしい。

いつの間にそんなことをしたのか分からないのだが、表面に油膜《ゆまく》を張り、湯気が出ないようにした状態の相当な熱さのお茶を、おそらくはグーラのことであるからガブリと口に含《ふく》んでしまったのだろう。

その結果がそれというわけである。

手際《てぎわ》の良さと威力《いりょく》を考えなければ子供のいたずらのような仕業《しわざ》ではあるのだが、グーラであるからまだ口周りの火傷だけで済んでいるようなものの、これを人間相手にやられた場合は下手をすれば一生ものの傷になりかねない。

「俺《おれ》にゃやらねぇでくれよ？　こっちのエルフにもだ。何か気を悪くしたってんなら、平《ひら》謝《あやま》りする用意はあるからよ」

「何のことやら分からんが、客人に無礼を働くような教育は受けておらんよ」

「ロレンさん、いま自然に私のこと除外しましたよね？　しましたよね⁉」

ロレンとしてはさらりと言ったつもりだったのだが、気づいたラピスがグーラのコップを手に取ろうとしたのを見て、ロレンは慌《あわ》ててその手を押さえる。

これから何をするつもりだとしても、ラピスの手の中にそれがあることは最も危険なことだろうと瞬時《しゅんじ》に判断したせいであった。

ラピスとしても本気でグーラのコップをどうこうしようとするつもりはなかったのか、ロレンの掌《てのひら》で手を押さえられて、大人しく手を引っ込める。

「相変わらず仲がよさそうでなによりだの」

喉《のど》の奥《おく》を震《ふる》わせるような笑い声をたてて、ディアが笑顔《えがお》を見せると笑い方とその顔とのギャップに混乱したようにラピスはロレンの方を向き、ロレンはラピスの手を押さえていた自分の手を引くと、改めてディアへ今回の用向きを伝えた。

「実はちっと聞きてぇことがあった。教えてくれると助かる」

「いいだろう。知っている限りのことを答えると約束してやろう」

そう請《う》け合ったディアに、ロレンは一口茶を口に含んで唇と喉を湿《しめ》らせてから、ディアに会いに来ようと思うようになった理由を述べた。

「アンデッド化した人の魂《たましい》を、もう一度人のものにするような方法に心当たりはねぇか？」

「ふむ？」

真剣《しんけん》な面持《おもも》ちでそう質問をしてきたロレンの顔を、ディアはじっと見つめながら自分のコップに口をつけて、中身の液体を一口啜る。

ロレンは詳細《しょうさい》を口にすることはなかったのだが、ラピスはすぐにそれがロレンの内側にいる死の王になりかけたシェーナのことなのだろうと理解した。

以前に受けた依頼《いらい》で、ロレン達はシェーナを人に戻すための器《うつわ》作りが行えそうだという遺跡《いせき》の情報を入手している。

しかしながらそこは結果的にすぐには使えないような状態になっており、しかも問題はそれだけではなく、シェーナの精神体自体が既《すで》にアンデッド化しており、このまま生きた体に戻そうものならば、器かシェーナの精神体か、あるいは両方ともに消滅《しょうめつ》してしまいかねないということが現在判明しているのだ。

これを打開する方法を考えていたロレンだったのだが、元々ロレンはただの剣士《けんし》にすぎず、魔術に関することで妙案《みょうあん》を思いつくとは到底《とうてい》思えなかった。

ならばどうしたものかと考えて、ロレンは同じくアンデッドに分類されることが主でありながらアンデッドとは言い難《にく》い神祖であるディアに意見を求めようと考えるに至ったというわけである。

ニムがいなければもうちょっと直接的に聞けたのかもしれないが、ニムだけ席を外して欲《ほ》しいとも言いづらく、ロレンは言葉を選びながら質問することになっていた。

「アンデッド化した魂を元の人にのぉ。もちろん方法はないことはない」

意外とあっさりとそんな答えを返してきたディアに、ロレンは驚く。

アンデッドに分類される存在の中では上位の存在であり、しかも非常に知能が高く、世界から生み出されたと言われる存在である神祖であるならば、シェーナが抱《かか》えている問題を解決できるのではないか、と考えて持ちかけた話ではあるのだが、こうも簡単にそんな方法があるという答えが返ってくるとは思っていなかったのである。

「一つは単純であるな。法術における〈聖別《コンセクレイション》〉を使った後に〈蘇生《リザレクション》〉をかければいい」

「そんな無茶《むちゃ》な……」

ディアの言葉に苦言を呈《てい》したのはラピスであった。

その理由を問いかけるようなロレンの視線に、ラピスは力のない笑みを顔に浮かべながら思わず自分が言った言葉の意味を説明する。

「〈聖別《コンセクレイション》〉は用途《ようと》によっては非常に簡単な法術です。水にこれをかけると聖水になる、という程度なら一人前の神官ならば誰でもできます」

「だったら何が問題だってんだ？」

「アンデッド化した魂を〈聖別《コンセクレイション》〉で浄化《じょうか》しようとする行為です。できなくはないのでしょうが、おそらくは各宗派の高位司祭クラスの神官を複数用意し、数日間の儀式《ぎしき》を経た上で行使するような法術になってしまいます。おまけにこの法術で清められた魂は、たぶん一度昇天《しょうてん》してしまいますよ？」

それはラピスが言外に、ロレンが知っている古代王国の遺跡の施設《しせつ》が使えなくなるということを説明していた。

いかにシェーナの魂を人のものへと戻せたとしても、その魂が天に召《め》されてしまったのでは、遺跡の施設で造った器の中へ移植することなどできはしない。

「さらに〈蘇生《リザレクション》〉の法術の行使が問題です。何せ成功例がいままでに数例しかありませんし、行使するために高位司祭を百人近く集めて、十数日に及《およ》ぶ儀式で力を高めてどうにか行使できるかなっていう最高等法術ですから」

死とは絶対のものである。

それは不変の法則であり、覆《くつがえ》すことなど神ですら容易には行えない。

そんな現象を人の身で起こそうと考えるならば、それくらいの手順を踏《ふ》まなければ成しえないというのは納得のいく話であった。

もちろんラピスが言うようなことを現実のものとして行うことがロレンにできるわけもなく、ディアが口にした方法は机上《きじょう》の空論でしかない。

「夢物語のような方法ではあるが、実現不可能というわけでもないからの。いちおう一例として挙げてみたまでだの」

つまりはここまでやればできないことはない方法というもので、実現性については全く考えられてはいないという話であった。

「およそアンデッドを人に戻すなどという話は、夢物語か絵空事になる。それでもまぁ実現が絶対に不可能とまでは言いきれない話であるところが救いと言えば救いかの？　そんな感じの話になるのだが……他の方法も聞いてみるかの？」

そんなものを聞かされてもどうすることもできず、顔を歪《ゆが》めるロレンへディアはいたずらっぽい笑みを顔に浮かべながら、そう尋ねてくるのであった。

「ここまで聞いたんだ。他の方法ってやつも聞かせてもらおうじゃねぇか」

ロレンから返ってきた答えに、ディアはほんの少しだけ意外そうな顔を見せた。

てっきり聞いても無駄な話ならば、ここで切り上げるものだとばかり思っていたのだが、無駄かもしれないが知識として聞かせろとロレンが言いだしたのに少々驚きを覚えたのである。

「聞きたいというならば、もちろん教えてやるがの。実現性の有無《うむ》に関しては自己で判断してもらえるだろうか？」

「あぁ、別に使えねぇ知識ばかりでも、キレて暴れたりしねぇよ」

「ならば二つ目だの。少しばかり魔力《まりょく》を多く保有しておって、自我《じが》の薄《うす》い魂を用意する」

「なんだそりゃ？」

妙《みょう》に具体的な指定ではあるのだが、ではそれが何を指し示しているのかということについてはロレンにはさっぱり理解ができない。

隣で大人しくディアの話を聞いているラピスの方は、何かしら心当たりがあるのか、一《いっ》瞬《しゅん》ロレンの方へと視線を向けたのだが、その視線がロレンの視線と合う前にすぐさま再びディアの方へと向けられてしまったので、ラピスが何を見ていたのかロレンには分からずじまいであった。

「これは誤魔化《ごまか》しになるんだがの。その魂でもってアンデッド化している魂の表面をコーティングしてやると、外から見た限りでは普通の魂と同じになるという方法だの」

「なんとなくやろうとしていることは理解できんだがよ。その方法でコーティングするために使われた魂ってのはどうなっちまうんだ？」

「もちろん、死ぬ。正確には魂を失うので滅びる、ということになるかの」

ここでロレンはようやくディアが言おうとしていたことに気が付いた。

つまりは現在のロレンとシェーナの状況《じようきよう》と同じような状態のものを作れ、ということであるらしい。

その状態でロレンの自我がなくなれば、魂の支配権は内側にいるシェーナへと移る。

シェーナ自身の魂はアンデッド化したままであるのだが、外側にコーティングされている元ロレンの魂が外側からならばシェーナをアンデッドではなく普通の生者として見えるようにしてくれる、というわけであった。

問題があるとするならば、これを行うためには誰かを死ではなく、魂を失うという滅びの状態にしなければならないということなのだが、こちらも実現の難しさを度外視すれば、やってやれないことはない方法というものになる。

そもそも、自我だけを殺して魂を抜《ぬ》け殻《がら》状態にする方法なんてあるのかと頭を悩《なや》ませるロレンへ、ディアは三つ目の方法というものを提示してきた。

「これが一番簡単だの。ただ、解決策という見方からすると、解決策にはなっておらんとも言える」

「いちおう聞いておこうか？」

「実現も簡単であるぞ。アンデッド化した側の魂が、その力を別の魂に明《あ》け渡《わた》す。もしくは別の魂がアンデッド化した魂からその力を奪《うば》い取《と》る」

それのどこが簡単な話なのかと顔を顰《しか》めるロレンなのだが、提案した側であるディアはなんでもないことのように追加の説明をした。

「これを実現する魔術《まじゅつ》は、私が知っている。行使も可能だの」

そう言いながらディアがドレスの胸元《むなもと》から取り出したのは赤い宝石が嵌《はま》った銀の指輪であった。

簡素なデザインのもので、あまり高価には見えない代物《しろもの》であるそれを、ディアは何気なしにロレンの右手をとり、その人差し指にするりと滑《すべ》り込ませる。

普段《ふだん》は手袋《てぶくろ》などをしているロレンなのであるが、今はディアの拠点の中でしかもお茶をごちそうになっているという状況でもあり、手袋を外していたのが災《わざわ》いした。

その仕草もあまりに手際よく自然すぎて、隣《となり》にいるラピスも警告を発することができず、ロレン自身も手を引っ込める間もなく行われ、ロレンの人差し指に嵌った指輪はその付け根まで滑ると、まるでそこが定位置であるとでも言わんばかりにぴたりと止まる。

「おぉ。ぴったりだの」

「ちょっと待て⁉」

慌てて指輪を摘《つ》まむロレンなのだが、よほどぴったりと嵌ってしまったのかいくら引っ張ってみてもその位置から全く動かすことができない状態になっていた。

指を動かしたり、何かを持ったりするのに邪魔《じゃま》になるような代物ではないのだが、いきなり勝手に正体のわからないものを身に着けさせられたことに対して、文句を言おうとしたロレンだったのだが、次のディアの言葉で思わず口を閉じる。

「それがその術式が込められた魔術道具だの」

思わず自分の指へと視線を向けたロレンは、同じく話を聞いていて驚いたのかシェーナが持つ死の王の視覚を起動し、ロレンの視覚と同調する。

それによりロレン達は、確かに指に嵌《は》められた指輪の赤い宝石の中に、びっくりするほど精緻《せいち》な何らかの術式が刻み込まれているのを見て取った。

「使い方は術式に魔力を通し、どちらかが〈捧《ささ》げる〉か〈奪う〉を宣言することだの。後は術式が勝手に作業を行ってくれる。これが実行されれば力を奪われた側の魂は、ただの人間のものへと戻るだろうの」

「奪った側、捧げられた側ってのはどうなるんだ？」

普通に考えれば、アンデッドからその力を捧げられ、その身の内に宿すことになるのであるから、新しくアンデッド化した魂が一つ出来上がるだけのはずであった。

だが予想に反してディアは難しい顔をして腕組《うでぐ》みをし、首を傾《かし》げる。

「それは、分からんの」

「分かんねぇのかよ」

「仕方がなかろう。何せそれなりの存在であるアンデッドから力を譲渡《じょうと》されたり、そういうものから力を奪ったりするような前例がないのだからな」

もっともな話ではあった。

少なくとも低位のアンデッドであるゾンビやスケルトンからその能力を奪い取ろうなどと考える酔狂《すいきょう》な者はそうそういなかっただろうし、吸血鬼やそれこそ死の王相手にそのようなことができるとは考えにくい。

さらにそんな高位のアンデッドがわざわざ自分の能力を生きる者に捧げるという話も考えにくいとなれば、前例がないというのも納得の話であった。

しかしロレンはふと気になったことをディアに尋《たず》ねてみる。

「じゃあなんでこんなもん作ったんだ？」

前例がない上に結果がどうなるかも分からない魔術だとディアは言う。

つまりそれは、そのような魔術がこの世界では今まで使われたことがない、ということであり、ロレンの右手の指に嵌《は》められている指輪こそが、もしかしたらそういった魔術を発動させることのできる世界初の代物かもしれなかった。

そんな物をいきなりくれる、という考えも理解しがたかったのだが、もともとそのような魔術を作り出そうとした理由が分からない。

「実は の……師匠に使ってやろうかと」

「怖ぇな……」

ぼそりと言ったディアの目は、ロレンから見ればほとんど本気の目であった。

ディアは元々、最も若い神祖として他の神祖の庇護《ひご》下にあった吸血鬼だったのだが、それが独り立ちを認められるための試験を受ける最中にロレン達と知り合っている。

その試験というのが、実はディアの師匠であるシエラという神祖によって妨害《ぼうがい》され、色々と酷《ひど》い目に遭《あ》わされていたのだが、そこそこ時間が経過した今となっても、ディアはしっかりとそのことを根にもっていたらしい。

「使いっ走りしてりゃそのうち許してやるんじゃなかったのかよ」

「人族にもあるだろう？　一度許すとは言ったものの、たまにこう突発的《とっぱってき》な怒りがふつふつと湧き出《だ》してくるようなことが」

「ある……のか？」

尋ねるロレンの視線が向かった先は、なんとなく話に参加することなくお茶を啜っていたニムであった。

唐突《とうとつ》に話に巻き込まれかけて、椅子の上でその体が小さく跳《は》ねる。

「ロレン、私はエルフ。人族の心情について聞かれても、困る」

話を振《ふ》られてニムは困ったように首を振る。

それはエルフである自分に尋ねるよりも、ラピスやグーラの方に聞くのが筋であろうとニム自身が思っているからであったのだが、ニムは知らないことであるがラピスは魔族であり、グーラは元は人族であったかもしれないが、今は邪神《じゃしん》という存在であった。

どちらも人族の心情について尋ねる相手としては、どう考えても不適格である。

「そんなわけで作ってみたというわけなのだがの。作り終わってから、神祖が神祖の力を奪うとどうなるのだろうとか、そもそも相手が強く拒絶《きょぜつ》した場合は魔術が通らんということに気付いてみたりとか、とにかく面倒なことに気付いての」

「廃棄物《はいきぶつ》じゃねぇかこれ」

「だが、そなたには……役立つ道具なのではないかの？」

薄く笑いながら、試《ため》すような口調でそういわれるとロレンとしては言葉がない。

確かに、使えばどうなるか分からないとはいえども自分の内側にいるシェーナを人に戻そうと考えた場合、指輪の力を行使すればシェーナを生身の体へと移植することがおそらくは可能になる。

結果的に死の王の力はロレンの内側に残ることになり、それがロレン自身にどのような影響《えいきょう》を及ぼすかについては不明なままであるのだが、現状、死の王そのものを自分の内側に宿らせている状態でそれほど不都合なことがないのだから、そこからとんでもなく悪い状況になるとは考えにくい。

「もしアンデッドになっても、見た目が変わって寿命《じゅみょう》が延びるくれぇなら、そうそう悪いことでもねぇかな？」

「ロレンさん、私はロレンさんがアンデッドになっても結構平気です。たぶんイケます」

真顔でそんなことを言うラピスになんと返事をしたものかとロレンは自分の顎《あご》に手を当てながら考え込んでしまう。

「ただ、腐《くさ》ってる系統はちょっと勘弁《かんべん》してほしいです。できればそのままか、いっそ骨だけという状態でお願いします」

「俺としちゃ腐るのも骨になんのも遠慮《えんりょ》してぇんだが……」

「ロレン？　真面目《まじめ》に検討してる？」

不思議そうに聞いてくるニムの言葉に我に返ったロレンは、苦笑いを顔に浮かべながら首を横に振ってみせた。

「まさか。ただ、骨でもいいっていうラピスの言葉にちっと感動してただけだ」

誤魔化すようにロレンが言えば、誤魔化すネタにされたラピスがやや不満げにロレンの脇腹《わきばら》を指で突く。

少しばかり嬉《うれ》しかったというのは嘘《うそ》ではないのだがと思いつつも、ネタとして使うのは少しばかり軽率《けいそつ》だっただろうかと思うロレンへ、ディアが喉の奥を鳴らすような笑い声を立てた。

「仲がいいの。羨《うらや》ましいことだ」

「そいつはどうも」

「まぁ私が知る、そなたの雑談への答えはそんな感じだの。満足頂けただろうかの？」

「雑談で神祖の知識の一端《いったん》を教えてもらえるとは、ありがてぇ話だな」

冗談《じょうだん》めかしてそう答えたロレンだったのだが、本当ならばディアに丁寧《ていねい》に礼を言わなければならないと考えるほどの情報であった。

使える使えないは別として、数百年を生きている神祖がその知識を、代償《だいしょう》なしに教えてくれたのである。

だが、あまりありがたいといった態度を取れば、ニムに何を考えられるか分かったものでもないとなれば、雑談の中の一つの話題として流さなければならなかった。

「気にしなくていいがの。代わりといってはなんだが……私にも一つ教えて欲しいことがあっての」

神祖から聞きたいことがあると切り出されて、ニムが目に見えて警戒《けいかい》しだしたのだが、ロレンはそんなニムとは対照的に鷹揚《おうよう》に頷《うなず》いてみせた。

自分達《たち》ばかりが情報をもらい、相手に何も渡さないというのは、取引としては非常に不公平な話になる。

その上、ディアのことは知らないわけでもなかったし、雑談の中の話題の一つとして出してくるようなことならば、それほど警戒する必要もないだろうと考えたわけだった。

「何、大したことではないがの。ロレン達が私を訪ねてきてくれるきっかけとなった、この付近まで足を延ばしてきたわけ。それをちょっと聞かせてくれないかの？」

興味本位です、と言わんばかりに無邪気《むじゃき》な笑顔を見せながら、そんな質問をしてきたディアに対してロレンは、特に秘密にすることでもないだろうとここまでの経緯《けいい》と、これから向かおうとする場所での目的を話し出すのであった。

「火笛山のエンシェントドラゴンに会いに？　それはまた人の身で思い切ったことをするの。普通《ふつう》なら顔をあわせることもなく、消し炭にされる話だの」

ロレンが行った一通りの説明を聞き終えたディアは、ロレンの顔を呆《あき》れたような視線で見つめながらそんなことを言った。

その意見はロレンとしても同意するところであり、ラピスの持っているエンシェントドラゴンの魔力が付与《ふよ》された地図、というものがなければ最初から実行に移そうとは考えないような話ではある。

「まぁ他所に住む同格のドラゴンからの紹介《しょうかい》となれば、そう無下に扱われることはないかもしれんが、少しばかり心配だの」

言葉とは裏腹に、口元を笑みの形に歪めているディアがちらちらとロレンの様子を窺《うかが》いながらそんなことを言いだしたのを聞いて、ロレンの頭のどこかにある危険を知らせる警告がちりちりとした刺激《しげき》のようなものをロレンの首筋に送り始めた。

これはいったい、何に対するどんな警告なのだろうとそのちりちりする首筋を撫《な》でながら考えるロレンへ、ディアはさも素晴《すば》らしい考えを今この場に、この瞬間《しゅんかん》に思いついたというような様子で、ぱんと一つ手を叩《たた》く。

「よし、それならば私が火笛山まで同行してやろうではないかの」

「なんだと?」

首筋にちりちりとした刺激がさらに強くなるのを感じながらロレンは聞き返す。

その周囲ではラピスがぽかんとした顔を楽しそうに笑うディアへと向けており、グーラはまだ床に転がったままで、ニムはこの世の終わりでも目撃《もくげき》したかのようにその端整《たんせい》な顔を驚《おどろ》きの形に固めてしまっている。

「相手は古より延々と生き続けているエンシェントドラゴンなのであろう? いかにそなたらが優《すぐ》れた冒険者であるとしても、そしていちおう安全策を持っていたとしても、人の身で対峙《たいじ》するには過ぎた存在であることは間違いなかろう?」

「そりゃな。できりゃ顔を合わせてぇ相手じゃねぇのは確かだ」

必要なことだとは理解していても、気の進まないことというのは存在する。

大丈夫だろうとは思っていても、万が一があるということを考えればエンシェントドラゴンのような強大な存在に会いに行くという行為《こうい》はまさにそれであった。

だからこそそのロレンの言葉であったのだが、それを聞いたディアはそうだろうとばかりに何度も頷くと、いまだに話の流れをつかみ切れていないロレンの胸元を指さしながら身を乗り出して力説し始める。

「そこでだ。私が間に入って取り持ってやろうではないか、という提案というわけだの。つまりは保険として私を同行させてはどうか、という話だ」

ディアの言う提案というやつをロレンはしばし考える。

ラピスが持っている地図というものがあれば、おそらくは大丈夫であろうという見通しから行動しているロレン達であるのだが、そこに保険が一つ加われば安心の度合いが強くなるというのは確かな話であった。

その保険を神祖に求めるというのは、大丈夫なのだろうかと心配にならなくもないのだが、ディアとは知らない仲ではなかった上に、いちおうロレン達はディアが独り立ちするために手助けしたという事実があり、そのことをディアはある程度恩義に感じてくれている節がある。

「神祖に守ってもらうってのは、願ってもねぇ話だとは思うんだが……」

「そうだろうそうだろう」

「何を企《たくら》んでやがる？」

確かにロレン達はディアが独り立ちする手助けをしたことがあった。

ディアの方もそれを恩義に感じてくれてはいるのだろうが、だからといって無償でロレン達を守ってくれるかと考えれば、そこには疑いが生じる。

そもそもその話自体、元々はディアからの依頼という形でロレン達が受けた仕事であり、途中《とちゅう》経過や結末については大分話が変わりはしたものの、ディアがそこまで負い目を感じるような話でもなかった。

だとするならば、今回の申し出についてはディアの方に何かしら含むところがあるのではないか、と考えたロレンだったのだが、その問いかけに対してディアはしばらく無言を貫《つらぬ》いていたのだが、やがて肩《かた》を震わせると低い笑い声を発し始める。

「疑い深いの、ロレン。しかしそうでなくては傭兵《ようへい》や冒険者《ぼうけんしゃ》などを稼業《かぎょう》として、生きながらえることなど難しいのかもしれんの」

「ロクでもねぇことを考えてんなら、今のうちに吐《は》いちまえよ」

「くっくっく……いいだろう。実はの」

含《ふく》み笑《わら》いをしながら、意地悪そうに顔を歪めてみせたディアへ、全員の視線が集中する。

神祖の口からいったいどのような企みが聞かされるのかと身構えるロレン達に、たっぷりと溜《た》めの時間をとってから、ディアはおもむろに口を開いた。

「神祖って、暇《ひま》なんだの」

「すまねぇがもう一度言ってくれ」

聞《き》き間違えだろうと考えるロレンへ、ディアはことさらはっきりとした口調で同じ言葉をその口から吐き出した。

「神祖って、暇なんだの」

「それがどうかしたのかよ？」

「いや、私らって力と時間は有り余っているものの、その使い道がなくての。何かしら研究でもしておれば、時間を費やすことができたのかもしれんが、今の私にはそういうものもなくての。ありていに言って、暇すぎて滅《ほろ》びそうなんだの」

定命にしてそれほど寿命が長くはない人族であるロレンには、ディアが言わんとしているところはまるで理解できなかった。

だが、言いたいこととしてはなんとなく分からなくもない。

人の一生はそれほど長くはなく、そのせいで人は限られた時間の中で様々なことを成すために時間とその力を費やす。

もっともこの何かを成すの何かを決めるために、結構無駄《むだ》な時間を費やす人は多く、ロレン自身もまた今を生きるだけで精いっぱいという感じではある。

翻《ひるがえ》って考えてみるに、ディアは神祖であり、その寿命は定まっているのかいないのか分からないくらいに長い。

その身が内包している力も莫大《ばくだい》なものであり、何かをしようと考えればおよそ大体のことはすぐに成《な》し遂《と》げられてしまうくらいの存在である。

そうなってくると、その長い時間を費やして何かを成そうと考えれば、人の身などでは想像もつかないようなとてつもない何かということになるのであろうが、神祖の中で最も若い個体であるディアには、いまだにそういった何かが見つかっていないらしい。

「何かこうぼんやりと、こんなことを研究したらどうなのだろうというものはあるようなないようなそんな感じなのだがの。その辺りが固まるまでどのくらい時間を費やすものか全く分からない状態での」

「宙ぶらりんみてぇな状態のまま、時間だけが過ぎていくって感じで暇を持て余してやがると、そういうわけなんだな？」

「時間だけは掃《は》いて捨てるほどあるからの。色々と経験してみれば、その中でもしかすると考えがまとまるかもしれんしの」

「という建前で、俺達《おれたち》に同行してぇってわけだな？」

「損はさせんと思うがの？　どうだろうかの？」

改めてロレンはディアからの申し出を検討してみる。

これが人里へ行くのについてくる、という話だったりするならば色々と問題がついてまわりそうな存在なのが神祖というものであるが、これから向かう先にはエンシェントドラゴンが一頭住んでいるだけで、ディアが神祖であるということは何の障害にもならない。

「悪くないのではないですか？　特に不利益があるようにも思えませんが」

ロレンの考えを後押《あとお》しするように、ラピスが口添《くちぞ》えしてくる。

ロレン一人の考えだけではなく、ラピスから見てもデメリットが見当たらないようなのであれば、受けても問題はないのではないかとロレンには思えた。

「グーラはどうだ？」

「うちの場合はうちの身の危険だけが問題やねぇ」

まだ床に転がっていたグーラがロレンに呼びかけられて体を起こしながらそんなことを言う。

グーラの場合はディアに対する態度に問題があるせいでディアからきつめの対応をされているだけであるので、ディアが同行することによる不利益とは言えない。

「ニムは……って大丈夫かよ？」

話を振ろうとしたロレンは、ニムが青い顔をしたまま固まっているのを見て慌てて椅子から腰《こし》を浮《う》かす。

そのまま体を寄せてニムの肩に手を置いたロレンへ、ニムは表情を硬《かた》くしたままロレンを見上げ、淡々《たんたん》としていながらやや震える声で答えた。

「ロレン。いつもこうなの？」

ニムの言葉が何を指しているのか、雰囲気《ふんいき》では分かるものの、はっきりとはしないロレンはなんと答えようかしばし迷った後、諦《あきら》めの色が見える声で答える。

「割と、いつもこうだな」

「そう。ロレンは……とても大変」

ニムは青褪《あおざ》めた顔のまま、何故《なぜ》だか哀《あわ》れむような目でロレンを見る。

そのような目で見られる覚えはないはずのロレンなのだが、もしかすると普通の冒険者からすれば、ニムが見るような目で見られる事態なのかもしれないと思えばそんな目で見るなとも言いづらい。

「私がこういうのもなんだけれど、今度リッツやチャックが受けた仕事に参加するといい。ロレンはもっと、楽な仕事をするべき」

「好きで面倒な仕事を引き受けてるわけじゃねぇんだがなぁ……」

ぼやくように言うロレンに、真顔になったニムが真剣な口調で言う。

「神祖を連れてエンシェントドラゴンに会いに行く依頼なんて。白銀級でも受けない」

「元々はそういう依頼ではなかったんですけどね」

元の依頼は火笛山近辺の調査、というだけであってそこに神祖やエンシェントドラゴンの名前はない。

もしそんなものが混じっていたのであれば、ニムが言うように白銀級の冒険者達《ぼうけんしゃたち》とてそんなものを引き受けるわけがなく、冒険者ギルドからの要請《ようせい》という形をとって、黄金級以上の冒険者という、存在自体がそろそろ物語になるのではないかというレベルの冒険者が動員されていたはずである。

そんなものに黒鉄級冒険者が巻き込まれているのを知れば、ニムでなくとも巻き込まれている者を哀れみの目で見てしまうことだろう。

もちろんロレンとてそんな誰《だれ》かが目の前にいれば、哀れだなと思ってしまうはずなのだが、生憎《あいにく》と巻き込まれているのは自分であり、自分で自分を哀れむのはどうにも不毛に思えてしかたなかった。

「俺のことはさておいて。反対意見が出ねぇようだから同行しても構わねぇよ」

「そうかそうか。ならば大船に乗ったつもりでいてもらっていいぞ。エンシェントドラゴンというのは強大な存在であるが、神祖とて引けを取るものではないからの」

そういって朗《ほが》らかに笑うディアなのであるが、その表情には如実《にょじつ》にいい暇つぶしができた、と書かれているようにロレンには見える。

それでも連れて行くメリットがそれなりにあるのならば、暇潰《ひまつぶ》しの手段として使われるということもそれほど悪いことではないだろうとロレンは思うのであった。

第三章　異変を追跡する

ディアの拠点《きょてん》から火笛山まではそれほど距離《きょり》がないのだと、何が嬉しいのやら分からないくらいにこにこしているディアは、地上に出るなりロレン達にそう説明してみせた。

言われるまでロレンは気付かなかったのだが、ディアが指さす方向に目を凝《こ》らしてみれば、確かに遥《はる》か遠方とまでは言わないものの、それほど間近でもないというような距離にぽつんと佇《たたず》む岩山の姿がある。

ディアが指し示すそれを目を凝らして見ていたロレンだったのだが、しばらくしてぽつりと呟《つぶや》いた。

「煙《けむり》立ってねぇのな」

火笛山という名前とドラゴンが住んでいるらしいという情報を兼《か》ね合《あ》わせて考えると、ロレンのイメージとしては山のあちこちから黒煙《こくえん》を立ち昇《のぼ》らせ、時たま真っ赤な炎《ほのお》を噴《ふ》き上《あ》げるような火山、というものであった。

しかしながら視線の先にぽつんとあるその山は、遠目から見て確かに岩肌《いわはだ》などが剥《む》き出しになっている険しそうな山ではあるのだが、麓《ふもと》には森が広がり、どこにも黒煙どころか白い煙すら立ち昇ってはいない。

つまりは依頼《いらい》を受ける前に知らされていた情報通りの山ということである。

これでは前回ディアの拠点まで来たときに、気づかないのも道理であろうと思うロレンに、ディアは指さしていた指を引っ込め、自分の頭をかく。

「そうだの。面白《おもしろ》みのない山ではあるの」

そういいながらディアは先頭に立って歩き出すと、ロレン達が止めていた荷馬車へと近づき、ひょいと身軽に荷台の方へ飛び乗ると、御者台《ぎょしゃだい》のすぐ後ろに陣取《じんど》る。

ディアの服装は拠点にいたときのままの、飾《かざ》り気《け》がないものの外歩きをするためのものとは思えないようなドレス姿であり、そんな恰好《かっこう》で随分《ずいぶん》と身軽に動くものだと感心するロレンが手綱《たづな》を取ったラピスの隣に座《すわ》ると同時に、グーラとニムが荷台の後ろの方に座った。

ニムは純粋《じゅんすい》に神祖という存在が怖《こわ》いから、という理由でディアから離《はな》れた位置に腰掛《こしか》けたのだろうが、グーラの方は下手に近くに座ると何をされるか分かったものではないという危機感から、距離を取るということを選択《せんたく》したらしい。

自業自得《じごうじとく》で酷い扱《あつか》いを受けているだけなのだがとロレンが思っていると、ラピスが軽く手綱を操《あやつ》って荷馬車を走らせ始める。

「見えている距離だからの。夕暮れには麓に到着《とうちゃく》するだろ」

「何にも起きなきゃな」

ディアの拠点についてから、休んだり雑談をしたりでそこそこの時間を費やしていた。

ディアの拠点は街道《かいどう》から少し離れたところにあり、一旦街道《いったんかいどう》まで戻《もど》ってから目的地である火笛山の麓を目指せば、到着は夕方近くになるのでは、というのがロレンの予想である。

街道まで戻ることなく拠点の位置から真《ま》っ直《す》ぐに山を目指すということも考えてみたのだが、その場合は非常に悪い条件の地面の上を荷馬車を走らせていかなければならず、かえって時間がかかりすぎてしまうのでは、と考えたのだった。

おそらくこの考えに間違《まちが》えはないだろうと思いながら、ふとロレンは背後からの視線に気がついて振り返《かえ》ると、ディアをはじめとしてグーラとニムがどこか責めるような視線でもって自分の方を見ているという光景に出くわす。

「どうしたよ?」

「そないなこと口走ると、きっとなんかあるんやで」

「ロレン、今のは迂闊《うかつ》。何もなければ、なんて言って本当に何もなかったことは少ない。

発言に気をつけるべき」

「私は逆に何かあってくれた方が、楽しいがの」

口々にそんなことをロレンへと言う女性三人の視線から逃《のが》れるようにしてロレンは進行方向を向くと軽く背中を丸める。

そんなロレンの様子を、隣でラピスがくすりと笑いながら見ていたのだった。

そういった一幕があったりしたものの、ディアの拠点を後にしたロレン達は街道まで戻り、そこから一路、火笛山を目指して南下を続ける。

きっと何かあるだろうと身構えているニムやグーラであったのだが、彼女《かのじょ》らが失言だとロレンを軽く責めたという事実に反して、街道を進むロレン達の荷馬車は障害らしい障害に遭遇《そうぐう》することもなく、順調に残りの行程を消化していった。

実はロレンも、もしかしたら何かあるのではないかと危惧《きぐ》してはいたのだが、拍子抜《ひょうしぬ》けしてしまうくらい順調に進むロレン達一行は、やがて火笛山の麓付近へと到着したのである。

「何にもなかったじゃねぇか」

じろりと睨《にら》むロレンの視線から逃れるようにして、ニムとグーラがそれぞれ明後日の方向を向いて素知らぬ顔をする。

一人ディアだけが、不満そうな顔のままロレンを見返していた。

「おかしいのではないかの？　あれは絶対に何かある流れではなかったかの？」

「俺《おれ》に言われても困るんだがよ。何もなかったんだからいいじゃねぇか……って、ディアは何もなきゃ暇でしょうがねぇのか」

「いやまぁ、太陽の下を荷馬車に揺《ゆ》られて旅をする、などという経験はそれなりに暇潰《ひまつぶ》しにはなったがの」

とても吸血鬼《きゆうけつき》の最上位種が発した言葉とは思えないような言葉を口にして、ディアはにんまりと笑ってみせた。

「地下の拠点に籠《こも》っているよりは、ずっと健康的だしの。これからはちょくちょく外を出歩いてみることにしようかの」

「吸血鬼最上位の神祖がうろうろする日常なんてぞっとすんだろ。自重しろ」

昼間から吸血鬼が闊歩《かつぽ》する、という現実はおよそ大半の人族を恐怖《きようふ》のどん底に突《つ》き落《お》としかねない現実であるが、それが神祖ともなればこの世の終わりでも来るのではないかというくらいの騒《さわ》ぎになるだろうことは容易に予測できた。

ディアの他にも十人少しくらいは神祖という存在がこの世界には存在しているらしいのだが、それらの神祖が目的もなく暇潰しのために出歩いているという話をロレンは聞いたことがない。

つまり他の神祖達はなんらかの理由か方法で暇を潰し、簡単に外を出歩いたりしていないということであり、ディアにもその辺りは見習って欲《ほ》しいものだと思ってしまう。

「私ほど無害な神祖も他におらんと思うんだがの」

ややしょげたような声を出しながら上目遣《うわめづか》いでロレンの様子を窺うディアであるのだが、ここで同情なりなんなりで引いてしまったのでは本当に神祖が日中出歩きかねないとロレンは気持ちを強く持ちながらディアを睨む。

しばらくちらちらとロレンの様子を窺っていたディアは、ロレンの様子が全く変わらないのを見ると、表情を忌々《いまいま》しそうなものへと変えながらロレンに背を向け、小さく鋭《するど》い舌打ちを響《ひび》かせた。

これで諦めてくれればいいがと思いながら、内心ではひやひやしていたロレンである。

「ご歓談《かんだん》中申し訳ないのですが」

会話に割り込んできたラピスの声に、ロレンはわずかな違和感《いわかん》を覚えた。

それは普通に会話に参加してきたわけでもなければ、茶化《ちゃか》しに入ったというわけでもないような声音《こわね》であり、どことなく聞く者の不安を煽《あお》るような響きを持っていたのだ。

何かあったのだろうかとラピスの方を向いてみれば、ラピスは手綱を握《にぎ》ったままじっと前方に目を向けている。

その視線に先に何があるのかといえば、ロレンの目には何も見て取ることができなかった。

そこにはただ続く街道と、山に近づいて来たせいなのか少しずつ木々が生《お》い茂《しげ》り始めるという光景があるだけだったのである。

「どうしたラピス？」

「風の匂《にお》いが妙《みょう》です。ディアさん、この辺りの地理に詳《くわ》しいですか？」

ちらりとラピスが背後へと目をやれば、荷台から御者台へと身を乗り出すようにしていたディアがこくりと頷く。

「すぐ近くのことだからの。それなりに詳しいと思ってもらっていい」

「では、この先に何があるかご存知《ぞんじ》です？」

街道の先をラピスが視線で指し示せば、ディアは何かを思い出すように目を閉じ、すぐに目を開いてまた一つ頷いた。

「確か農村が一つあったはずだの。火笛山周辺の麓にはいくつかの農村が点在しておって、その一つへと続いていたはずだの」

農村、という言葉にいやなものを感じてしまうというのはこれまでの経験が酷すぎたせいだろうかとロレンは視線を空に彷徨《さまよ》わせながら思う。

少しばかり日が傾《かたむ》いている空はまだ青く、天気は非常にいい。

だというのにディアはロレン達が進む先に農村があると言い、ラピスはそちらの方向から妙な匂いがすると言うのだ。

「こいつの出番になるんじゃねぇだろうな」

空ばかり見上げていても、事態は何も進展しないという結論を出してからロレンは背中に吊《つ》ったままの大剣を指差す。

御者台に座るのに邪魔になるからと少しばかり寝《ね》かせた状態にしてあるそれをラピスはちらりと見てから、小さく首を傾げた。

「どうでしょう？　私はまだ出番じゃないのでは、と思いますが」

「そうなのか？」

てっきりロレンは道の先に農村があり、ラピスが感じた妙な匂いの原因がいて、なし崩《くず》し的に戦いになるのではないか、と考えていたのだがラピスの考えは違《ちが》ったらしい。

「確かに妙な匂いがするんですが、新しいものじゃないみたいです」

「そいつは……」

「行ってみれば分かるでしょう」

ロレンの言葉を遮《さえぎ》って、ラピスは荷馬車を曳《ひ》く馬に軽く手綱を当てて、その足を少しばかり速めてやった。

いちおう街道として整備はされているものの、道は平坦《へいたん》なわけではなく凹凸《おうとつ》がかなりあり、その上を速度を上げて走り出せば当然荷馬車は激しく揺れ始める。

振動《しんどう》に舌を噛《か》んだりしないように、軽く歯を食いしばりながら耐《た》えるロレン達は、ラピスが異変に気がついてからほどなくして、ディアの言っていた農村のひとつに到着。

手綱を引いて馬の足を止めたラピスは、そこで待っていた村の風景を目にして、自分が感じた異変がいったいなんであったのかということを理解する。

「廃村《はいそん》になった、というわけではないですよね？」

確かにそこには村があった。

ただし、それは過去にはおそらく村だったのだろうと思われる形跡《けいせき》が残っていた、というだけのものである。

農村というだけあって、周囲には田畑らしきものがありはしたのだが、そこは雑草の類《たぐい》が生い茂り、とても人の手が入っているとは思えないくらいに荒《あ》れ果てていた。

村の敷地《しきち》を囲んでいるはずの柵《さく》はあちこちが破壊《はかい》されて柵の意味を成さなくなっており、その内側にある建物などは、こちらも手酷《てひど》く壊《こわ》されて人が住んでいるようには見えない。

柵の破れ目から荷馬車を進み入れてみれば、さらに酷い状況《じょうきょう》が見て取れる。

破壊された家屋の壁《かべ》のあちこちには、何かしら液体が飛び散ったような跡《あと》が黒々と残っており、所々には焼けたような跡も残っていた。

地面には沢山《たくさん》の乱れた足跡《あしあと》が残っていて、この村の住人達が余程《よほど》慌《あわ》てて走り回ったのであろうということが分かる。

荷馬車を停《と》めて、適当な家屋を覗《のぞ》き込んでみれば破壊された家具と床《ゆか》に散らばった、おそらくは食べ物だったのだろう残骸《ざんがい》。

食べ物の方は乾《かわ》ききっていたり、腐り始めていたりで、そのような状態になったのがつい最近のことではないということを示していた。

「何かに襲《おそ》われた、ような気配ですね」

ラピスが指差した家屋の壁には、何かしら刃物《はもの》のようなものを打ち込まれた結果らしい、深い傷が刻み込まれていた。

「盗賊《とうぞく》の類？」

ニムが可能性が高そうな原因を口にするが、それにはグーラが首を横に振る。

「盗賊やったら屍《しかばね》の一つや二つ、その辺に転がっとってもおかしくないやろ。これだけ襲われた形跡があって、なんで死人の姿がないんや？」

「全員、連れて行かれたとか？」

「うちはそうは考えられへんなぁ。この壁の黒いの、血が飛び散った跡やろ？　こないな量が飛ぶくらいの傷やったら、絶対死人が出とるはずや」

盗賊が襲撃《しゅうげき》した村の住民を連れ去るということは珍《めずら》しいことではない。

男ならば単純な労働力として、女性ならば様々な嗜好《しこう》を満たす対象として。

いずれもあまりよろしくはない類の層の人間に一定の需要《じゅよう》が常にある。

それはつまり金になるということであって、盗賊がそれ目当てに村を襲うということは珍しいことではなかった。

だがグーラが言うように、壁に飛び散るほどの出血があるような怪我《けが》を負わされている者がいたのだとすれば、地面に死体が転がっていないのはおかしい。

盗賊達《とうぞくたち》も流石《さすが》に、死体を持ち運ぶようなことはまずないはずだった。

何せ、死人は金にはならない。

金にならない物を持ち運ぶほど、盗賊というものは余裕《よゆう》がある職業ではなかった。

「もう少し詳しく調べてみるか。何か分かるかもしれねぇしな」

まだ日は明るい。

その明るい間に調べを終わらせなくては、夜の闇《やみ》が下りてからではろくな手がかりも見つかることはないだろうとロレンは考えている。

だからこそ少しばかり急《せ》かすような口調になってしまったロレンの言葉に、ラピス達は不満を口にするでもなく、すぐさまその指示を実行に移すべく村のあちこちに散っていったのであった。


それからしばらく村の中を探索《たんさく》したロレン達であったのだが、分かったことは村人の姿は一人として見えないこと。

そして、村のあちこちに襲撃の跡があり、かなりの数の怪我人《けがにん》や死人が出たことが予想されるというのに、死体が一つも落ちていないということと、それらの出来事があったのはロレン達が村を訪《おとず》れるよりかなり前のことだったらしい、ということくらいであった。

「ロレンさん、どうします？」

かなり漠然《ばくぜん》とした質問をぶつけてくるラピスに、ロレンは考え込む。

確実に何かがこの村で起きたのだ、ということは分かるのだが、それがいったいなんであったのかということについてはまるで手がかりがない。

死体が落ちていたり、生存者が残っていたりしてくれていれば、何かしらの糸口がつかめたのかもしれないが、それすらきれいさっぱり消えうせてしまっているとなれば、どこから手をつけたらいいものかもロレンには分からなかった。

「脳筋だとは言わねぇが……こういうのは苦手なんだよな」

そう語るロレンの考えは少しずつ、何も見なかったことにして先へ進む、というものへと傾き始めていた。

今更《いまさら》原因が分かったところで、今ロレン達がいる村が蘇《よみがえ》るわけではない。

生存者やら何やらがいたのであれば、その敵討《かたきう》ちというお題目を掲《かか》げることが出来ないわけでもないのだが、そういった存在も一人としていないのだ。

辺境の村が何らかの理由で壊滅《かいめつ》するという出来事は、珍しいものでもなく、そのうち国側が気がつけば、また別の新しい村がどこかに出来上がるだけなのである。

「そういや、村の守りにある程度、兵士が常駐《じょうちゅう》してるもんだよな？」

「そうですね。こういう村だと普通は数人から十数人くらいの兵士が国から警備のために常駐させられているというのが普通です」

「そいつらの姿もなし、か……逃《に》げたか？」

村を襲った何者かの規模にもよるが、十数人程度の兵士では何の抵抗《ていこう》にもならないくらいの数だったのではないかとロレンは村に残っている痕跡《こんせき》から推測していた。

そこで兵士達が果敢《かかん》に戦ったのか、あるいは我先にと逃げ出《だ》したのかはロレンには分かるわけもない。

「兵士達《たち》が逃げていたのであれば、国に情報が流れているはずですから、それなりの規模の部隊を編制して、村の奪還《だっかん》に来ていてもおかしくないはずですね」

「そいつがねぇってことは、編制中なのか、兵士も逃げ切《き》れなかったか……いずれにしたって面倒《めんどう》な話だな」

「農村ってのはぽつんと一つだけあるようなもんとちゃうんやろ？　近くに似たような規模の農村があるのと違うん？」

グーラの言葉にロレンとラピスはディアの方を見る。

周辺地理に関してはこの中で最も詳しいのはディアであるはずだった。

「いくつか点在しているの。日のあるうちにそちらも回ってみるかの？」

「そうだな。無事な村があるんなら、情報を知らせてやらねぇとな」

国に助けを求めるにせよ、この地域から逃げ出すにせよ、差《さ》し迫《せま》った危険がそこにあるという情報を知らなければ、動けるわけもない。

ならばその情報を知らせてやった方がいいだろうとロレンは考え、その考えに異論が出ることもなく、ロレン達は壊滅した村を出てディアの案内で荷馬車を走らせながら近隣《きんりん》の農村を回ることにした。

しかし、事態はロレン達が動くよりずっと前に、既《すで》に相当な悪化を見せていたらしい。

ディアの案内で近くの農村へと赴《おもむ》いたロレン達であったのだが、そこに待っていたのは一つ前に訪れた農村で見た光景と、ほとんど同じものであったのだ。

「ロレン、この村もあかんわ」

村の外れに荷馬車を停めて、周囲を警戒《けいかい》していたロレンのところへ先行して村へと入っていたグーラが軽く村の中を回ってみた結果を報告してくる。

それによれば、二つ目に訪れた村もまた、村人の姿は一つとして生者としても死者としても残ってはおらず、家屋はあちこち破壊され、何らかの争ったような跡があちこちに残されているだけであったらしい。

「食料品の類は根こそぎなくなっとるね。けど現金やら家財道具やらはほとんどそのまま放置されとるみたいや」

「盗賊の仕業《しわざ》にしては、それは妙ですね」

何もかも根こそぎ持っていくような盗賊が村を襲ったのだとすれば、金目の物を村へ置いていくというのは理解できない行動であった。

特に現金に関しては何を置いてもそれは持っていくべきもののはずであり、それに手がついていないというのは奇妙《きみよう》な話である。

村側の抵抗が激しすぎて、それらを諦めたという可能性についてはどうだろうとロレンは考えてみた。

それならば、生き残った村人達が怪我人や死者を運んで、国に助けを求めるために村を捨てたのではないかと考えれば現状の説明としてはそれなりに説得力が出てくる。

「ただ、その場合でも現金を置いていったりはしねぇんだよなぁ……」

路銀としても、助けを求めにいった先でも必要とされるのは現金である。

それを全く持たずに村を捨てるという可能性は、考えられるわけがない。

「ロレン、他にも実は妙なことがあるの」

答えの出ない考えに没頭《ぼっとう》しかけていたロレンへディアが声をかける。

この状況下で、さらにいったい何があるというのかと目を向けたロレンへ、ディアはじっと村から見える火笛山へと視線を注ぎ続けながら言った。

「この距離まで私が近づいたというのに、何の反応もない。これは非常に不思議なことだの。せめて様子見くらいしに来るのではないかと思っておったんだがの」

神祖とエンシェントドラゴンと、比べてどちらがより強力な存在であるのかはロレンには計り知ることができない。

しかしながらどちらも強大な存在であることは間違いなく、そのような存在が近づいてきているというのに、エンシェントドラゴン側から何の反応もないというのは確かに妙な話であった。

これが実はエンシェントドラゴンの方がずっと強大な存在で、神祖の動きには全く注意を払《はら》う必要がないほどに力がかけ離れているとでもいうのならばまだ分かるのだが、ディアの様子を見る限りでは、そのようなこともないらしかった。

「こっちからエンシェントドラゴンの様子ってのは窺《うかが》えるのか？」

「それがの。あの山からそんなに強力な気配というものを感じんのだ。ここまであの山に近づいたのは初めてではあるんだがの。何も感じないというのは……もしかして、あの山にはもうエンシェントドラゴンがおらんのかもな」

「それはないですよ。だって同じエンシェントドラゴンさんからの紹介《しょうかい》ですよ？」

ディアの言葉に慌《あわ》て出すラピスだったのだが、ディアは落ち着《つ》き払った様子でラピスに問いかける。

「そのエンシェントドラゴンが、こちらの同族と顔を突き合わせたのはいつの話かの？我ら神祖と違い、エンシェントドラゴンがいかに偉大《いだい》な存在だったとしても、奴《やつ》らには寿《じゅ》命《みょう》というものが存在しておるからの」

そう言われてしまうとラピスとしても口を閉じざるをえなかった。

魔族領でロレン達に人族の領域に住むエンシェントドラゴンの情報をくれたエメリーと

いうエンシェントドラゴンは、人族側の同族がどの程度の年月を経た個体であるのか、ということについては教えてくれてはいない。

もしかすれば、ロレン達がここへ来る前に運悪く何らかの原因でその命を落としていたとしても、なんら不思議ではないのだ。

それが例えば非常に強力な敵の出現によるような外的要因なのか、それともエンシェントドラゴン自身の寿命のような内的要因なのかまでは分からなくとも、そのどちらの可能性も捨てることができない。

「寿命で亡《な》くなっていれば、それは好都合」

油断なく辺りを警戒しながら、ニムがそんなことを言い出した。

「冒険者ギルドには火笛山にドラゴンはいなくなった、と報告すればいい。そしてもしかするとドラゴンの死体が手に入る。これはものすごくお金になる」

ドラゴンの体に捨てるところはない、とニムは言う。

肉も皮も、鱗《うろこ》も歯も骨すらも全《すべ》てが高級な素材や原料として市場に出回ればとんでもない高値で取引されるものばかりなのだ。

それがエンシェントドラゴンのものともなれば、場合によっては金額は青天井《あおてんじょう》に膨《ふく》れ上がり、一財産どころではない金額が転がり込んでくるようなことになる。

「鱗と牙《きば》だけでもかなりなもの。拾えれば幸運」

「拾えりゃな」

元々ロレンの目的はエンシェントドラゴンから得られるかもしれない情報であるのだが、それが得られないとなれば、現金収入の方に興味が移るのはどうしようもなかった。

だがそれは、あくまでも本当に目的のエンシェントドラゴンが死んでいれば、という話であり、現状ではどうなっているものやら見当がつかない。

「歳《とし》を経たドラゴンは自らの存在の力を抑《おさ》えたりできるからの。一概《いちがい》に死んでいると決めつけることはできんが……全く出てこないというのも不思議であるの」

「ディアに敵意がないってことが分かってんなら、わざわざ出てこねぇってこともあるんじゃねぇのか?」

いかに神祖が強大な存在であったとしても、そこに敵意がないのであればエンシェントドラゴンほどの存在ならばそうびくついて警戒することもないのでは、というのがロレンの見方であった。

その言葉にディアは重々しく頷《うなず》く。

「私もそう思っての。先ほどから何回か威嚇《いかく》してみたりしているんだがの」

「ことを荒立《あらだ》てようとするんじゃねぇよ」

なんてことをするのだと、ディアの脳天へロレンが手刀を振《ふ》り下《お》ろせばまともに脳天を打《う》ち抜《ぬ》かれたディアは頭を抱《かか》えてその場にしゃがみこんでしまう。

その光景を見て、ニムがロレンのことを驚嘆《きょうたん》の眼差《まなざ》しで見つめた。

「ロレン、すごい子。神祖に一撃《いちげき》入れるなんて」

「それは私が洒落《しゃれ》の分かる神祖だから、と思うた方がいいぞ、エルフ」

涙目《なみだめ》になりながら、打たれた脳天を両手で押《お》さえつつディアが不機嫌《ふきげん》そうな声を出せば、ニムは慌ててロレンの陰《かげ》へと隠《かく》れる。

自分を盾《たて》にしてみたところで、ディアがそれなりの攻撃《こうげき》を繰《く》り出してくればひとたまりもないのだがなと思うロレンへ、ラピスが二回目になる問いかけを行う。

「ロレンさん、どうします?」

「そうだな……」

ロレンは空を見上げて太陽の位置を確認《かくにん》する。

まだそれなりに高い位置に太陽はあるものの、これから火笛山まで近づく登山を開始するには時間的余裕があるとは思えないような時間帯。

何があるのか分からない火笛山に登るのであれば、日中がいいはずであり、やむをえない理由もなく山で夜を過ごすには避《さ》けたいとロレンは考える。

ならば一晩野宿して、明日の朝から火笛山へ向かうという日程が最も適しているように思えたロレンは、続いて自分達の周辺を見回す。

辺りは街道と多少の平原。

そして木々の立ち並ぶ森の一歩手前のような状態である。

折角《せっかく》村という拓《ひら》けた場所があるというのに、わざわざそこを避けて平原や木々の間で野宿をするというのはあまりにももったいないないような気がするロレンなのだが、だからといって原因不明で村人達がいなくなっている村の中で野宿をすることが果たしていいことなのかと考えれば、とてもいいことだとは思えない。

「妥協案《だきょうあん》としちゃ、村から少し離れた場所で野宿ってとこか」

村の外れに荷馬車を停められたように、村の外でも多少は拓けた場所があった。

そこで野営をしてはどうか、とロレンは他のメンバー達に提案してみると村の中よりはマシであるし、あまり村から離れた場所に準備をするのも面倒だとでも思ったのか、すんなりと提案は受け入れられる。

「一旦壊滅《いったんかいめつ》した村を、再度襲撃しようとは誰も思わないでしょうからね」

一晩を過ごすには、他の場所よりは比較的《ひかくてき》安全な場所でしょうと語るラピスの意見をロレン達は誰も疑ったりはしなかったのであった。

異変とは夜に来るものではないか、詳しくはないがそんなイメージがロレンにはある。

やはりおかしなことや妙なことは日の高い内に来るようなものではなく、暗くなり誰もが寝静《ねしず》まった辺りにやってくるものではないか、と思い込んでしまっていた。

しかし、そんなロレンの思い込みを嘲笑《あざわら》うかのように、異変はロレン達が野営地を決め、その準備を始めた辺りで唐突《とうとつ》にやってきたのだった。

「何か、騒がしいですね」

村の外れの空き地のような場所に荷馬車を停めて、荷物の下ろし方や下ろした荷物を開いて中から必要な物を取り出したりしていたロレン達の中、最初にそれに気がついたのはラピスであった。

ラピスは手にしていた荷物を一旦《いったん》、荷馬車の荷台へと戻すとその視線をまばらに木々の立ち並んでいる村の外へと向ける。

何か見つけたのだろうかと、作業する手を休めたロレンやグーラがつられる様にしてそちらへ目を凝らせば、神祖であるディアがどこか暢気《のんき》な声を上げた。

「何か近づいてくるようだの」

「数は？」

嫌《いや》な予感と共に、ロレンが口早に問いかければディアはしばらく木々の向こう側へ目を向けた後、首を傾《かし》げながら答えた。

「百くらいかの？」

「おいおい……」

何が近寄ってきているのだとしても、百という数は尋常《じんじょう》ではない。

ロレンはすぐに大剣を手に取りながら、シェーナの視覚と自分の視覚とを同調させる。

途端《とたん》に、死の王の力を得たロレンの視界は人の視界では見ることができない、木々の向こうのかなり距離を置いたところから、自分達の野営地へと結構な速度で近づいてくる多数の命の反応を捉《とら》えた。

その一つ一つはそれほど強力な反応ではないようだったのだが、それだけの数が集まって一斉《いっせい》に接近してくる様子を見れば、ロレンといえどもその表情は軽く引《ひ》き攣《つ》る。

「注意しろ！　何かきやがる！」

ロレンが警告の言葉を叫《さけ》ぶと同時に、ニムが荷馬車の荷台へと乗り込むとその位置から素《す》早《ばや》く準備した矢を放つ。

射掛《いか》けられた矢は木々の隙間《すきま》を縫《ぬ》うようにして飛んでいくと、ほんのかすかにだがかなり遠くで何か動物の悲鳴のような声が聞こえた。

木々の間をすり抜けて、しかもまだ結構な距離があるというのに、確実に当ててくるニムの弓の腕前《うでまえ》に舌を巻くロレンへ、ニムは次の矢をつがえながら自分が射たものの正体をロレンへと告げてくる。

「ロレン、オークが来る」

「オークだと⁉」

ロレンへ敵の正体を告げると同時に、ニムはまた矢を放つ。

今度の矢もまた木々の間をすり抜けて、先程《さきほど》よりは近い位置で豚《ぶた》の悲鳴のような声が聞こえ、それにより全員が確かに近づいてきている百前後の数の何かが、オークの集団であるらしいことを悟《さと》った。

「百体前後のオークですか⁉　増えすぎでしょう⁉」

「余程《よほど》大量に母体が手に入ったとみえるの」

ロレンと同じく顔を引き攣らせて文句を言うラピスに、ディアがさらりと日常会話をするようなトーンでとんでもないことを言い出した。

全員の視線が一身に集まったことに気付いたのか、そんなにおかしなことを口走っただろうかと首を捻《ひね》りながらディアが言う。

「オークやゴブリンは成長が早いからの。天然物で無調整でも十数日で母体から生まれてきて、七日もあれば体だけは大人とあまり差がなくなる。一月も経《た》てば普通《ふつう》に繁殖《はんしょく》を始めるからの」

そんなオークやゴブリンが自然の状態で爆発的《ばくはつてき》に増えないのは、母体の確保に難儀《なんぎ》しているからだとディアは続ける。

もちろんその間にも着々とオークの集団らしきものはロレン達へと近づきつつあり、ディアの話を聞きながら、ニムが必死に荷台の上から射撃《しゃげき》を行い、少しずつではあるのだが敵勢力の削《けず》り落としを行っていた。

「同種の雌《めす》がほとんど発生せんし、個体としてそれほど強力でもないせいで、母体となる雌の数を確保することができんから、驚《おどろ》くほどには増えんのだの」

「百体近くのオークってのは、充分《じゅうぶん》驚きの数なんだがな⁉」

またニムの射撃がオークらしき敵に悲鳴を上げさせる。

まばらにとはいえ生えている木々が敵の進軍速度をある程度遅《おそ》くしているせいで、まだロレン達のところまで到達《とうたつ》した敵はいないのだが、それも時間の問題であった。

さらに、ニムがまた別の矢を弓につがえようとして一瞬《いっしゅん》、その顔を歪《ゆが》めたのにロレンは気がついている。

おそらくは、ニムが持っている矢の在庫が、かなり乏《とぼ》しいことになり始めたのだろう。

「だから、おそらくは母体の数をかなり確保できた群れが発生したんだの。一度数を揃《そろ》えてしまえば、母体が駄目《だめ》になるまで延々と、オークを産まされるわけだからの。そりゃ増えるだろうの」

「そんな母体をどこで数揃えやがったってんだ」

「そりゃ……ここではないかの？」

ちょいちょいとディアが指差してみせたのは、村人が一人もいなくなってしまっている壊滅した村の残骸であった。

「オークどもは口に入るなら同族の死体すら食うからの。村人やら兵士の死体なんぞ、奴らにはいいエサであったろうの。ついでに、老若《ろうにゃく》問わなければ、村には結構な数の女衆がいたのではないかの？」

ロレンはぞっとする思いで壊滅した村を見る。

そこに立ち並ぶ家屋は村人達のものであり、その一軒《いっけん》一軒には家族単位で住んでいたはずなのだ。

つまり酷《ひど》く乱暴に言うのであれば、そこにある家屋の数だけこの村には女性がいた、ということになる。

そのうちどれだけの数が生きてオーク達に連れ去られたのかは分からないが、母体を欲しがっているオーク達が女性をやたらと殺すわけもなく、相当な数の女性がオークによって連れ去られたと考えられた。

しかも壊滅した村というのはロレン達がいる場所だけではない。

少なくとももう一つ、ロレン達は壊滅していた村を発見しており、そのどちらもが同じオークの集団の襲撃を受けていたのだとすれば、連れていかれた村人の数は、それこそ数十人近くになるのではないかと考えられた。

「ついでにオークは不思議と双子《ふたご》以上の子供を産ませることが多いの」

「そんな情報、聞きたくねぇわっ！」

オークにまつわる豆知識、のような感じで言うディアに喚《わめ》き返してロレンは握っていた大剣を振りかぶる。

それと同時に木々の間から飛び出してきた何かに向けて、力任せに大剣を振りぬけば、胴《どう》の辺りから真っ二つにされた二足歩行の豚面が、その顔から想像されるとおりの悲鳴を上げながら周囲に血飛沫《ちしぶき》をぶちまけた。

「キャアッ⁉」

このパーティの面々の中で、オークごときに悲鳴を上げるメンバーがいるとはロレンは思ってはいなかった。

だが意外なことに悲鳴をあげ、ロレンの背中に隠れたのはラピスだったのである。

意外だ、とは思うロレンだったのだが、その原因は自分が切ったオークの死体を見ればすぐに理解できた。

いちおうオークも知能を持った存在であり、普通の個体はボロではあっても衣服や武具のようなものを身につけたりしているものである。

しかし、ロレンが腹の辺りから真っ二つにしたオークは、何故《なぜ》か手に武器を持ってはいるものの衣服の類を身につけてはおらず、全裸《ぜんら》だったのであった。

当然、何もかもが丸見えであり、股間《こかん》からぶらぶらと揺れている人のそれと比べればちょっと長大すぎるのではないか、というモノもしっかりと見えてしまっており、どうやらラピスはそれに反応してロレンの背後に隠れてしまったらしい。

「ラピスちゃん、オークのアレを見るのは初めてやったんやなぁ」

「サイズが違うだけで、基本的に人のと同じ。驚くに値しない」

「というか、一緒《いっしょ》に旅なんぞしておれば、一度くらいロレンのを見たことが……」

「おいディア、止めろ」

それぞれが、木々の間から飛び出してきたオークを射抜《いぬ》いたり、権能で食いちぎったり、

捕《つか》まえた個体をみるみるうちに干乾《ひから》びさせたりしながらロレンの背中に隠れたまま出てこなくなったラピスに対してそんなことを言ったのだが、最後の方に聞き捨てならない言葉が出かけたところでロレンが無理やり止める。

　確かにロレンはこれまでに、長い間意識を失ったままになるということが何度かあり、そのたびにラピスの看護を受けてきていた。

　それはその看護の一部として、ディアが言いかけたようなこともあったりはしたのだろうが、そこはなるべく考えないようにしているロレンであり、そんな事実をわざわざ白日の下に晒《さら》されるような事態になれば、羞恥《しゅうち》のあまり息が止まりかねない。

「そりゃサイズがロレンのと大幅《おおはば》に違うのは種族的な問題で……」

「止めねぇとその脳天に大剣ぶち込むぞ。ただの大剣だと思ったら大間違《おおまちが》いだからな？」

　襲撃してきているオークより先に、ディアの口を塞《ふさ》ぐのが優先であろうかと切っ先をディアへと向けかけて、ロレンは横から突っ込んできたオークの喉《のど》へ大剣の切っ先を突きいれる。

　軽く捻って傷口を広げれば、即死《そくし》してその場に倒《たお》れるオークには目もくれず、その後ろから飛《と》び掛《か》かってきた別の個体を縦に割り、ロレンは忌々しげに舌打ちした。

　ほとんどの個体は一撃で始末できるものの、何分《なにぶん》襲ってきた数が多すぎる。

これではディアを黙《だま》らせることができないと、別のオークを切りつけながら、視線だけはディアへと向けているロレンへ、ディアは近寄ってくるオーク達を殴《なぐ》り飛ばし、蹴《け》り飛ばし、動けなくなった個体から順番におそらくはエナジードレインなのであろう技能でその生命力を奪《うば》い取《と》りながら、一瞬の隙《すき》を見て降参だとばかりにロレンに向けて両手を挙げてみせた。

これ以上このネタでロレンやラピスをからかうということは、自分にとっても危険なことではあるのだが、それと同じくらいに自分を黙らせようとするロレンや、その背中に隠れたままのラピスを危険に晒すことになりかねないと考えたらしい。

「味方同士で牽制《けんせい》しあうのはやめんかの。思わぬ遅《おく》れを取りかねんからの」

「始めたのは手前ぇだろうが」

「そんなことより敵が増えてきておるの。迎撃《げいげき》が大事だとは思わんかの？」

「後で覚えてやがれ……」

そう毒づいてみたロレンではあるものの、確かに野営地を囲むオークの数は増える一方であり、一つのミスで手痛い打撃《だげき》を受けかねないような状況に追い込まれつつあった。

普通の黒鉄級冒険者《ぼうけんしゃ》パーティならば、包囲された時点で全滅《ぜんめつ》しかねない状況と相手であるはずなのだが、ロレン達は動じない。

ロレンが大剣を振るうたびに一匹《いっぴき》のオークが肉塊《にっかい》へと変わり、グーラの周囲では頭や胴《どう》体《たい》を失ったオーク達が地面へその体を横たえる前に、全身を食い尽《つ》くされてこの世から消える。

ニムは相変わらず荷台の上から、近寄ってこようとするオークを順番に射殺していたのだが、矢の在庫が心もとないことを知ってディアがフォローに回り、幼げな外見からは想像できない腕力《わんりょく》と脚力《きゃくりょく》とでオーク達を打ち倒してゆく。

「グーラ？　それ、どうやってる？」

詠唱《えいしょう》もなく、グーラに近寄っただけで体が欠けて絶命していくオークの姿には、さすがにニムも不思議に思ったらしい。

権能を使えばそうなるのは当たり前だろうとロレンが苦々しく思っている中、グーラは堂々と答えを返す。

「奥《おく》の手《て》や！」

「そう。それならくわしくは聞かない」

あっさりとしたニムの反応にそれでいいのかと思うロレンなのだが、追及《ついきゅう》されないのはありがたく、ツッコミは入れずにおく。

そのような感じで短時間に、かなりの数の味方を討《う》ち取られれば、いかにオークの知能がそれほど高くなかったとしても、怖気《おじけ》づいて逃げ出すのは本来時間の問題であった。

しかしながら、おかしなことにオーク達はどれだけ切り伏《ふ》せられようが、殴られ蹴られて地面に打ち倒されようが、見えない牙に貫《つらぬ》かれ、仲間を食い殺されようが、撤退《てったい》する気配がまるでなかったのである。

それればかりか、血走った目は全くロレンのことを見てはおらず、他のパーティメンバーだけを凝視《ぎょうし》して、襲い掛かってくるのだ。

「こいつらっ！　お前らクラースの仲間か⁉」

「ロレンさん、それはちょっと酷すぎるのではないですか？」

自分など眼中にないといった様子のオーク達に、思わずそんな言葉が口をついて出たロレンへ、ラピスはその背中に隠れたまま酷く冷静なツッコミを入れたのであった。


戦場においては正常な思考能力を失うことがよくあるということをロレンは知っている。

自分がその状態に陥《おちい》ったことも何度かあり、そのたびによく生き残ることができたものだと自分のことながら感心したりするのだが、オーク達の状態はそんな戦場における狂騒《きょうそう》状態のように見えた。

しかしながらそんな状態はいつまでも続くものではない。

自軍が優勢であり続けたのならば、かなり長い時間持続する状態ではあるのだが、それにしたところで必ず限界というものが存在し、まして自軍が劣勢《れっせい》ともなれば、冷めるのもまた早くなる。

「面倒臭《めんどうくせ》ぇ奴らだなっ！」

受け損《そこ》ねたのであれば肉と骨を。

受けられたのであれば受けた武器ごと肉と骨を、大剣でもって叩《たた》き割《わ》りながらロレンが吐《は》き捨《す》てたのは、いい加減辺りに血の匂《にお》いが満《み》ち溢《あふ》れ、それに比例するように地面にオーク達の死体が積み上げられたタイミングであった。

飛び散って顔などにかかった血飛沫を手の甲《こう》で拭《ぬぐ》いながら背後をちらりと見たロレンは、いつの間にやらそこに元々いたラピスの他に、こっそりとニムが隠れているのに気がついて目をぱちくりとさせる。

「どうした？」

「矢が切れた」

あまり感情のこもっていない声ながら、どこか苛立《いらだ》たしげな雰囲気《ふんいき》を声音《こわね》に混ぜて、いちおう護身のために短剣《たんけん》を抜いていたニムが答えた。

人相手ならば、卓越《たくえつ》した速度でもって急所を刺《さ》すか裂《さ》くような戦い方でニムでも接近戦が挑《いど》めたのかもしれないが、相手はオークである。

丈夫《じょうぶ》な皮膚《ひふ》とその下にある分厚い脂肪《しぼう》の層が体を守っており、短剣で少々表面を引っかいたくらいでは、命に関《かか》わるようなダメージをオークに与《あた》えることは難しい。

「矢がなくなると戦えなくなるとは、難儀なものだの」

相変わらず素手《すで》と足だけでオークを圧倒《あっとう》しているディアが、嘲《あざけ》るというほどではないもののの、どこか小馬鹿《こばか》にしたような口調で笑う。

その言葉にむっとするニムではあったのだが、実際にディアの言うことは事実である上に、存在としてエルフであるニムと神祖であるディアとでは、その保有する力の差は歴然としすぎている。

「オークの数が多いからの。少しは働いてもらわんとこちらばかり疲《つか》れてしまうの」

「それは……」

「あぁ、分かっておる。矢くらい都合してやろう」

そう言うとディアは、襲い掛かってきたオークのうちの一匹の足を自分の足で軽く払った。

ほとんど力を込めていないように見える軽い足払《あしばら》いだったのだが、オークの足は粘土《ねんど》細工のようにいとも容易《たやす》く膝下《ひざした》から千切れて飛んでいく。

バランスを崩《くず》して倒れかけたオークの首を、指を埋《う》め込むようにして掴《つか》んだディアが小さく何かしら囁《ささや》くように唱えると、軽い衝撃《しょうげき》とともにオークの体が消滅《しょうめつ》し、代わりにディアの手には十本ほどの真っ白な矢が握《にぎ》られていた。

「ほれ、これで良かろう?」

わざわざロレン達のところまで歩いてきたディアが差し出したその白い矢を、ニムは受け取って驚く。

触《ふ》れただけで全く歪みも曲がりもない出来だと分かるその白い矢は、何かしら硬質《こうしつ》でつるりとした感触《かんしょく》をニムの手に伝えていた。

矢羽のところまで同じ材質で一体化しているその矢は、とてもではないがその辺の市場などで手に入るようなものには見えない。

何はともあれ、使ってみるべきだろうと短剣を鞘《さや》へ戻《もど》し、背中に括《くく》っていた弓を外して貰《もら》ったばかりの矢をつがえたニムはロレンの背後から適当なオークを狙《ねら》って放つ。

「え!?」

自分が射かけた攻撃の結果に、驚きの声を上げたのは射た本人であるニムであった。

弓から放たれた矢は一直線に狙われたオークへと飛来すると、その頭に突《つ》き刺さったのであるが、これまでの矢と違《ちが》ったのは突き刺さった矢はそのままオークの頭を貫通《かんつう》し、その鏃《やじり》を命中場所の反対側まで貫き通《とお》したのだ。

それだけならばまだ、矢の威力《いりょく》が高いだけで済んだ話だったのだが、オークの頭を貫通した白い矢はそのままオークの体ごと消失。

消えたオークがいた場所には、その代わりのように十本ほどの白い矢が落ちているという現象を引き起こしたのである。

「その矢、誤射に注意することだの」

何が起こったのか分からずに呆然《ぼうぜん》とできあがったばかりの矢が落ちているところを見つめていたニムへ、押し殺《ころ》したような笑いを漏《も》らしていたディアが告げる。

「それは錬金術《れんきんじゅつ》の賜物《たまもの》だからの。元々の威力も高めてはあるが、鏃が貫通した時点で矢に封《ふう》じられていた錬金術が行使され、獲物《えもの》を同じ矢に変える。外さん限りは矢が尽きることがないだろうが、間違《まちが》って刺さっても術を中止できんからの」

「どういう理屈《りくつ》なんだよそりゃ……」

オークを切り伏せる手を休めて思わずそんな風に突っ込んだロレンへ、ディアは得意げな顔で説明をした。

「鏃の貫通を起点に、犠牲者《ぎせいしゃ》の魔力《まりょく》と血肉を消費して矢を作製する錬金術であるの。魔力も材料も誤魔化《ごまか》しておらんから、比較的容易な術式であるの」

「血肉と魔力を消費ってことは……」

「矢の材質は骨であるの。そう珍《めずら》しい材質ではなかろう?」

自分の使った矢が、オークの骨から作られたものだと知って、ニムがほんのわずかに顔をしかめはしたものの、すぐに気を取り直して次の矢をつがえる。

基本的にオークは不潔で知られる魔物《まもの》ではあるのだが、骨は体の内側にあるものなので、少々の気味の悪ささえ我慢《がまん》できれば使えない素材ではない。

そうこうしている間にも順調にその数を減らし続けていたオーク達の士気は、やがて限界を迎《むか》えることになる。

あまりにあっさりと、そして無残に殺されていく仲間達の姿に、狂騒状態が冷めたのか、ぽつりぽつりと逃げ出すオーク達が出始めたのだ。

そうなれば、あとは崩壊《ほうかい》までそれほど時間は必要ではない。

恐怖《きょうふ》とは伝播《でんぱ》するものであり、オーク達がロレン達を見る目に怯《おび》えが走り、やがてオーク達全体がロレン達の前から逃げ出し始めたのである。

「追うぞ!」

「止めておくべきだろうの。これから夜になる。容易い相手と侮《あなど》って、不覚を取りかねな

い時間帯であるの」

村を襲《おそ》って壊滅《かいめつ》させたのがオーク達であるならば、追いかけてその拠点《きょてん》を見つけ、生き残りなどがいるのであれば救出を考えなければならないだろうと思ってのロレンの言葉を、即座《そくざ》に却下《きゃっか》したのはディアである。

反論しようかと思ったロレンだったのだが、周囲を見回してみれば確かに日が暮れて暗くなりつつある時間帯であることに気が付いた。

「けどよ。このままあいつら逃《に》がすってのはつまらねぇ話だぜ？」

「そっちも問題ないの。万事《ばんじ》、任せておくがいい」

答えたディアは辺り一面に転がっているオークの死体の一つに近づくと、その傍《かたわ》らにしゃがみこみ、死体へ手をかざしてぶつぶつと一言二言呟《つぶや》く。

するとそれまで完全に死体となっていたオークが、破壊《はかい》された体をそのままにゆらりと立ち上がったのである。

「死霊術《ネクロマンシー》ですか」

まだロレンの背後にいたラピスが、ロレンの肩越《かたご》しに興味深そうな顔でディアの作業を見守る。

いい加減オークはいなくなったのだから、自分の背後に隠れ続ける意味はないだろうと思うロレンなのだが、ぴたりと背中に寄《よ》り添《そ》うようにして離《はな》れる気配のないラピスに、おそらくそれを言ったところで無駄《むだ》だろうと、したいようにさせておくことにした。

「ロレンが切ったり、グーラが潰《つぶ》したオークは駄目だろうがの。私が殴り殺したオークなら、ゾンビとして流用可能だの」

殴られた場所は潰れているはずであったし、その殴られた勢いで転がったり、木立に激《げき》突《とつ》したりしているせいで、体のあちこちは折れたりしているはずであった。

しかし、死者となったオークにはそのようなことはもはや問題ではない。

酷く緩慢《かんまん》で奇妙な動きをしながらも、ゾンビと化したオークはゆっくりとどこかへ向かって歩き始める。

「おい、こいつどこに行こうってんだ？」

「決まっておるの。自分の住処《すみか》であろう」

答えたディアは既《すで》に別のオークをゾンビに変え、そのゾンビもまた毀《こわ》れた内臓を引きずりながらどこかへ向かって歩き始める。

あまりに気味の悪い光景に眉《まゆ》をひそめるロレンであるのだが、ディアは気にした様子もなくさらに別のオークの死体へと近寄り、また死霊術を行使し始めた。

「何をさせる気なんだ？」

「いかにオークの知能が低いといっても、自分の住処くらいは覚えているだろうの。ならばこいつらをゾンビとし、住処まで歩いてもらえばいい」

またふらりと立ち上がったオークには首から上がなかった。

脳がない状態であるのだから、知能の高い低いも関係ないような気がするロレンであるが、ゾンビ化した死体を操《あやつ》っているのは死体に取り憑《つ》いた亡霊《ぼうれい》であり、肉体の部位の有無《うむ》は思考に関していうのであれば、関係がなくなっている。

「私がゾンビにしたこのオーク達《たち》は私の支配下にあるからの。どのように歩いてどこへ行ったのかについては、全て私が把握《はあく》できる」

「神祖ってのは、便利な力を持ってやがんだな」

さすがはアンデッドの中でも強いとされる吸血鬼《きゅうけつき》の、さらに最上位に位置している存在なのだなと思うロレンへ、ディアはさらにもう一体のゾンビを作り出しながら、胡乱《うろん》げな目を向ける。

「そなたがそれを言うと、どうも冗談《じょうだん》か嫌味《いやみ》に聞こえるんだがの」

「どういうこった?」

「いやまぁ、分からんのならそれでいいがの」

尋《たず》ねるロレンを適当にいなして、ディアはさらに作業を続けていく。

何を言いたかったのだろうかと首を傾げたロレンの脳裏《のうり》に、自分の内側にいるシェーナの思念が聞こえた。

〈お兄さん、あの私……なりそこねではありますが……アンデッド最上位の死の王……〉

おずおずとしたその思念に、もしかしてディアが現在進行形で行っている作業と同じことがシェーナにもできるのだろうかと考えたロレンへ、シェーナが答えた。

〈できます。やってもいいですか？〉

ディアの作業が省けるのであれば、それは助かることなのだろうと考えてロレンはシェーナに能力の行使をお願いする。

ロレンにお願いされたシェーナは一瞬ロレンの視界に、自分の姿を投影《とうえい》し、がんばりますと一言答えてから死の王としての力を行使し始めた。

「おいちょっと？　これ……どないなってん？」

グーラがうろたえた声を出したのも無理はなかった。

ディアはゾンビを作り出すのに、比較的《ひかくてき》破壊《はかい》された箇所《かしょ》の少ない死体を選んで死霊術を行使していたのだが、シェーナはほとんど無作為《むさくい》に、手当《てあ》たり次第《しだい》に転がっている死体をゾンビ化してみせたのである。

結果、非常に気味の悪い光景がその場で繰り広《ひろ》げられることになった。

上半身だけのオークが断面から色々な物を引きずりながら、両腕《りょううで》で這《は》いずりつつ木々の向こう側へと消えて行き、その後ろから腰《こし》から下しか残っていないオークがふらふらとした足取りで上半身を追いかけていく。

縦に真っ二つにされたオークの左と右が、お互《たが》いを支えながらゆっくりと木々の立ち並ぶ中へと歩き去っていく様子は、もはやワケが分からない。

首だけになったオークがどのような方法でそんなことをしているのか、ころころ転がりながら木々の間をすり抜けていったのなどは、もはや恐怖を通り越《こ》して笑って見送るしかできないような光景であった。

そうやって、損傷の大小に関係なくシェーナの力を受けたオークの死体達は、一路自分達が生前住んでいた場所を目指してその場から歩み去ったのである。

「随分《ずいぶん》とえげつないゾンビの集団になったものだの」

「今のゾンビ。ディアの仕業《しわざ》じゃない？」

「いやエルフ。あれは私の仕業だがの。あぁも悪趣味《あくしゅみ》になるとは思っておらんかったの」

しれっとニムの質問からシェーナの存在を庇《かば》ったディアは、大方消えていった死体達を見送り、その場でまたなんらかの死霊術を行使してあちこちに飛び散っていた血の痕跡《こんせき》を消し去る。

「今夜はゆっくり休んで、明るくなったら追跡《ついせき》かの。上手《うま》くいけば夜のうちに、結構な数のオークがゾンビと潰しあってくれるだろうから、私達の仕事は減るかもの」

ふぁと一つあくびをし、こすこすと目を擦《こす》ったディアはそんな仕草を見守っていたロレンの腰の辺りをぽんぽんと手で叩く。

「血も消してやったのだから、早く寝床《ねどこ》の準備をしてくれるといいの。夜更《よふ》かしというのはお肌《はだ》の大敵なのだからの」

「いや、お前って基本的に夜に活動する存在だろ？」

夜更かししたくないなどとアンデッドが口にするというのは何か非常に性質の悪い冗談のようにしかロレンには聞こえなかった。

「吸血鬼や真祖はそうかもしれないが、神祖には関係ない話だの。いいからさっさと寝床を準備して欲《ほ》しいの」

「分かった。準備する」

詳《くわ》しく深く、考えたら負けなのだろうとロレンは再びあくびをしたディアの様子を窺《うかが》いながらそう結論付けると、大剣を納めてから改めて野営地のテント作りの作業に手を着け始めるのであった。

第四章　追跡から前進する

翌日、ロレン達はグーラとディア、ロレンとラピスという二人一組の見張りを交代で出しながらも十分な睡眠《すいみん》と休息を取った上で、朝日が昇《のぼ》ると同時に行動を開始した。

ロレンとしては、朝日と共に行動を開始する吸血鬼という字面《じづら》に多少の違和感《いわかん》を覚えなくもなかったのだが、実際に現物が目の前にある以上、納得《なっとく》せざるを得ないのだろうと思っている。

「私の顔に何かついておるかの？」

しげしげと眺《なが》めているのに気付かれたのか、ディアが不思議そうにロレンに尋ねてきたのだが、ロレンはそれになんでもないと短く返して頭を切《き》り替《か》える。

昨日襲撃《しゅうげき》をかけてきたオーク達に関しては、ゾンビに変えて追跡させたオークの死体達から、拠点になっている場所の位置については大体の情報がシェーナへと送られてきていたのだが、そんなものがなくともゾンビ達が進んで行った跡《あと》というものがはっきりと残されていて、それを追跡することは大した苦労ではなかった。

「昨日大分削ってやったと思ったんだが、まだ結構残っているようだの」

いちおうゾンビ達はディアが作製したことになっている。

そのせいで全《すべ》ての情報はディアが得てからロレン達に伝えられるという形を取っているのだが、シェーナが作製したゾンビ達からの情報をどうディアに伝えたものかと考えていたロレンの心配は無駄になっていた。

何故《なぜ》ならば、吸血鬼の最上位であり、高位のアンデッドであるディアにしてみれば、シェーナが作り出したゾンビ達とシェーナとの間に結ばれているらしい魔術的《まじゅってき》な繋《つな》がりに干《かん》渉《しょう》し、そこから情報を得ることなど造作もないことだったからである。

「火笛山の中腹辺りに洞窟《どうくつ》があるようだの。そこがオーク共の住処になっておるようだ」

「生存者はいる？」

短く尋ねたニムへ、ディアは首を横に振《ふ》った。

「分からんの。ゾンビ共の知能ではオークと人族との区別がつかん。何か生きている者が大量にそこにいる、ということくらいしか分からんの」

「生存者は助けてあげたい」

そうできるものならば、極力そうしてやりたいと思う気持ちはロレンにもあったのだが、最優先とされるのは自分達の身の安全であり、それが脅《おびや》かされるようなことになるのであれば、生存者については諦《あきら》めるという選択《せんたく》も必要だと考えている。

ただそれを口にすれば、ニムの心情を悪化させることにもなりかねず、ここは沈黙《ちんもく》しておくべきだろうと考えたロレンへ、ニムがちらりと視線を向け、何かしら言葉を求められているると察したロレンはしばし考えた末に当《あ》たり障《さわ》りのない意見を口にした。

「できるだけ、な」

「もちろん、それでいい」

そんなやりとりをした後、ロレン達は野営地を引き払《はら》い、荷物を荷馬車へと乗せると必要な物だけを身に着けて、荷馬車は廃墟《はいきょ》となった村の中へ留《とど》めておく。

見張りのいない状態で廃墟となっている村の中に荷馬車を残しておくことは、ロレンとしては不安だったのだが、これに関してはグーラとディアが対処を行った。

「守りの結界と、魔物除《まものよ》けの術式を残しておいたからおよそ大丈夫《だいじょうぶ》だとは思うがの」

「うちは荷車の方に迎撃用の術式を仕掛《しか》けておいたから、多少の数の魔物くらいならなんとかなるんやないかな」

「私も何か残しておきますか？」

ラピスの申し出については、ロレンはやんわりとこれを断っておいた。

神祖と邪神《じゃしん》が施《ほどこ》した術式だけでも過剰《かじょう》な性能だと思われるところに、魔族の力まで使ったのでは、何が起こるか分かったものではないからだ。

下手をすれば荷馬車を失っておいた方がまだ被害《ひがい》が少なかった、というようなことにもなりかねない。

火笛山までは村の廃墟から大した距離《きょり》ではなかったのだが、そこからの登り道が結構きつい傾斜《けいしゃ》となっており、しかも山道のようなものがなかった。

これは人も動物も、めったなことではこの火笛山に踏《ふ》み込むことがない、ということを表しているのだが、そこに登らなければならないロレン達からしてみれば非常に困った話である。

それでも比較的《ひかくてき》進みやすそうなルートを選んで登山を開始したロレン達の中で、一人だけ登山ができずにロレンの背中によじ登った者があった。

「替えの服とかねぇのかよ」

呆《あき》れているロレンの背中にしがみつき、どこか嬉《うれ》しそうな顔をしているのはドレス姿のディアである。

さすがに下草や背の低い木が生《お》い茂《しげ》る山肌《やまはだ》を、その恰好《かっこう》で登るのは無理ではないにせよ、ドレスのあちこちが破れるようなことになるのは目に見えており、すぐさま登山を断念したディアはそれでもロレン達についていく手段として、ロレンの背中にしがみつくという手段を取ったのであった。

「神祖たるもの、平服の持ち合わせなどない」

「前に見た時は、もうちっとマシな服じゃなかったか？」

「前は一人前の神祖ではなかったからの。今は一人前の神祖なのでの」

「都合のいいことばかり言いやがって……」

ディアの言いぐさに呆れ返《かえ》るロレンであるのだが、小柄《こがら》なディアが一人背中にしがみついたくらいでロレンとしては大した負担ではなく、心配なのは大剣を抜《ぬ》き放つ時に少しばかり邪魔《じゃま》になる、といったことくらいであった。

ならば好きなようにさせておこうかと考えると、ラピスが恨《うら》めしそうな顔を向けているのに気が付き、ロレンは慌《あわ》てて知らんぷりを決め込んだ。

そんなロレンの背中で鼻歌など歌いながら山の斜面《しゃめん》を運ばれていたディアだったのだが、しばらくするとロレンの肩《かた》を叩き、背中にしがみついた姿勢のまま進行方向の一点を指さした。

「あそこにゾンビがおるの」

言われてロレンが目を凝《こ》らせば、半壊《はんかい》したオークの死体が山肌に生えている木の一つにもたれかかるようにして動かなくなっているのを見つけた。

なんともグロテスクな光景だなと思いながら近寄ってみると、ゾンビの足下《あしもと》に下草に隠《かく》れるようにしてもう一つのオークの死体があり、ロレンは立ち止まる。

その背中から覗《のぞ》き込むようにして倒れている方のオークの死体を見下ろしたディアは、すぐにその死体の正体を言い当てた。

「巡回《じゅんかい》を出すくらいの知能はあるようだの。遭遇《そうぐう》して戦闘《せんとう》になったらしい」

「こっちのゾンビはその戦闘で動けなくなったってわけか」

「そういうことのようだの。倒れている方は多少食いちぎられてはおるが、立ってる方よりは損壊《そんかい》が少なそうであるから、こっちに道案内をさせようかの」

そう言いながらディアが軽く手を振ると、木にもたれかかっていた方のゾンビが崩れるように地面へと倒れていき、それと行《い》き違うようにして倒れていた方のオークがゆっくりと立ち上がり始めた。

どうやら喉を食い破られたことが死因となったらしいそのオークは他の部位はあまり壊《こわ》されてはおらず、殺されてからまだそれほど時間も経過していないようで、見栄《みば》えの方もそれほど悪くはない。

だが相変わらず全裸であり、ラピスは多少慣れはしたものの、やはり直視するのはこたえるようでそっと目を逸《そ》らしてロレンの背後に隠れた。

「初心《うぶ》な反応だの」

「ほっといてください」

そんなやり取りをする二人を背後に、ロレンは歩き出したゾンビの後を追って再び山肌の上を歩き始める。

そこからさらに歩くことしばし。

ロレン達は、山の中腹辺りでなんだかよく分からない状況《じょうきょう》になっている場所を発見した。

近くに生えていた大き目の木立の陰《かげ》に隠れながら様子を窺うと、山肌にぽっかりと口を開けている洞窟の入り口のような場所で、全裸のオーク達がくんずほぐれつしている場面に出くわしたのである。

もっともそれだけならば、何も見なかったことにして忘れようと思う気持ちの悪い光景の一つでしかなかったのだが、オークの一部は明らかに生きているとは思えないような体の壊れ具合《ぐあい》をしているのが見えて、どうやらシェーナが作り出したオークのゾンビと、火笛山に生息していたらしいオークとが戦闘の真っ最中なのだということが分かった。

「ゾンビの方、結構がんばっとるねぇ」

生きているオークの方は、こちらも例に漏れずに全裸であったのだが、その手には武器が握られていた。

対するゾンビの方は体が最初からある程度壊れている上に、武器など持ってはおらず、素手でつかみかかり、その歯で噛《か》みつくのが主な攻撃方法《こうげき》になっている。

ゾンビの方は多少体を壊されたところで攻撃を止めないくらいには頑丈《がんじょう》ではあるのだが、やはり武器を持っている分、オーク達の方が有利に戦いを進めており、ロレン達が到着《とうちゃく》した頃《ころ》には結構な数のゾンビが既に動かなくなっていた。

だが、元々頑丈でそこそこ力のある魔物であるオークが体の破損や限界を気にすることなくその力を振るうゾンビとなったこともあり、オーク側にも少なからぬ被害が出ているようで、ここでさらに押《お》し込めば戦況《せんきょう》の天秤《てんびん》はゾンビの側に傾《かたむ》くであろうと考えたロレンは背中の大剣に手をかけようとして、その背中にしがみついているディアに手を止められる。

「何しやがる」

「切り込む気かの？　それは止めて欲しいの」

「今ならあの入口を守ってるオーク共を突き崩せるんだぞ」

おそらく山肌に口を開けている洞窟がオーク達の住処であると思われる以上、入口でゾンビ達と交戦しているオークが戦力の全てである可能性は低いとロレンは考える。

しかしながらその数は少なくはなく、ここで殲滅《せんめつ》しておけば中へ踏み込んだ時の労力が減るのではないかと考えていたのだ。

「切り込まなくとも、突き崩せればいいのだろ？」

そうロレンに囁いたディアはロレンの耳元にくちびるを寄せた体勢のまま、右手の指を鳴らす。

その動作一つで、地面に転がったまま動かなくなっていたオークの死体とゾンビのなれの果てが一斉《いっせい》に意志を持ったかのように一箇所《かしょ》へ集まり始めた。

その光景の気味の悪さに言葉を失うロレン達の目の前で、集まったオークとゾンビの血肉は筋肉の繊維《せんい》を押しつぶし、その中に残っていた血を滴《したた》らせ、骨が折られていく音を周囲に鳴《な》り響《ひび》かせながら一つの塊《かたまり》にまとまっていくと、やがてかなり大きな人型を形作ったのである。

「フレッシュゴーレム。アンデッドではなく錬金術の成果だの」

「吐《は》き気《け》を催《もよお》すほどに気持ち悪いです」

少し得意げなディアに、にべもなくラピスが酷評《こくひょう》を下す。

そんなラピスの言葉にどこかしょげた雰囲気を醸《かも》し出《だ》すディアだったのだが、ロレンからすればラピスの言い分は理解できてしまうものであった。

なにせ、オークの死体をできたてもゾンビ化していたものもおかまいなしに一つにまとめ上げ、粘土《ねんど》のように練り上げて人の形を作ったのがフレッシュゴーレムなるものである。

ラピスほどはっきり言わなくとも、普通《ふつう》の感性を持った者ならば吐き気を催すような外見をしているのは間違いない。

しかもそのフレッシュゴーレムが、驚《おどろ》いているオーク達を捕まえて自分の体の中へねじ込もうとし始めるに至っては、そういうものに慣れていると思っていたロレンですら、軽くのど元にこみ上げてくるものを感じずにはいられなかった。

「ま、まぁこれでオーク共の問題は片付いたかの」

ロレンの表情からしても自分が作り出したものがパーティメンバー達には受け入れられないものだと悟《さと》ったのか、ディアは慌てて話題を変えようとする。

いくら話題を変えようとしても、現物が目の前にある以上は何も変わったりしないのではと思いながらもロレンはディアの言葉が引《ひ》っ掛《か》かり、疑問を投げかけてみた。

「あれで片付いたって言えんのかよ？」

確かにフレッシュゴーレムはほぼ一方的にオーク達を蹂躙《じゅうりん》し始めてはいた。

しかし、オーク達が住処にしている洞窟は結構大きく広いものの、多数のオークの死体を取り込んだフレッシュゴーレムが中に入るには、いささか狭《せま》いのではないかと思われる。

中に入ることができなければ、中にいるオーク達を駆逐《くちく》することはできず、問題が解決したとは到底《とうてい》言えないのではないかというのがロレンの考えだったのだが、その考えを覆《くつがえ》す光景が洞窟の入り口で始まろうとしていた。

あろうことかフレッシュゴーレムは、巨大《きょだい》になったその体を折り曲げ、ねじ込むようにして洞窟の中へ押し込み始めたのである。

「元々血肉の塊だからの。変形するのも簡単というわけだの」

ディア曰《いわ》く、いちおうは骨格のようなものもあるらしいのだが、それすらも一旦破壊《いったんはかい》し、洞窟の中で再構築してしまえば問題なく、しかも人型をしていなければならない理由もないとなれば入り込む空間の大小はまるで問題にならないらしい。

「後はオークの始末が終わった後、ゴーレムを自壊《じかい》させてしまえば問題解決というわけだの。どうだ、すごかろう」

威張《いば》るディアに、素直《すなお》に凄《すご》いなと思ったロレンだったのだが、そんな思いはラピスがぽそりと呟いた言葉で霧散《むさん》してしまう。

「中に生存者がいたとして、あのゴーレムはちゃんと生存者を選択して殺さないでおいてくれるんですよね？」

「え？」

威張ったままの姿勢で固まるディア。

それこそがラピスの質問への答えであった。

「どうするんですか、ロレンさん」

「どうするって言われてもよ」

フレッシュゴーレムは洞窟の入り口を塞《ふさ》ぐように体を押し込んで、ずるずると内部へと入り込もうとしている。

今更《いまさら》止めようもないとなれば、ロレン達に打てる手はない。

打つ手がないとなれば、後は見守りつつ祈《いの》る以外にできることはなく、最初から生存者などいなかったか、あるいは何人かでも生き残ってくれればいいなと諦めた目で空を仰《あお》ぐのであった。


しばらく見守っていると、ディアが作り上げたフレッシュゴーレムはその体を完全に洞窟へと押し込んでしまい、外からは何が起きているのか分からない状態になってしまった。

隠れていた場所から姿を現してから、ロレンは洞窟へと近づいてみたのだが、入り口は完全に肉の壁《かべ》に覆《おお》われていて中の様子を窺うことができない。

入り口が完全にふさがれているので、物音が漏れてくるようなこともなく、どうしたものかと思案しながら傍らまで来たディアを見下ろせば、ディアは自分が作り出したフレッシュゴーレムの壁へ顔を近づけてから、処置なしと言った風に首を振った。

「命令が遂行《すいこう》されるまで、どうしようもないの」

「俺達《おれたち》が切り開くわけにもいかねぇからなぁ」

「血と脂《あぶら》でどろどろになる覚悟《かくご》があるなら、止めないがの」

そこそこ広い洞窟をみっちりと埋め尽《つ》くしている肉の壁を、もしも刃物《はもの》か何かで切り開いていくのであればディアが言う通りの状態を覚悟しなければならない。

必要とあらば血脂に塗《まみ》れることも辞さないロレンではあるのだが、必要のないときまでそのような目に遭《あ》いたいとは思っておらず、困ったように洞窟の方を見れば、入り口を塞いでいた肉の壁が少しずつではあるが内側へと引っ込んでいくのに気が付いた。

「どうなってるんやろ？」

同じく肉壁が移動していくことに気がついたグーラが首を傾《かし》げれば、同じく首を傾げていたディアがぽんと一つ手を叩く。

「この洞窟、相当に深いんだの。洞窟全体を埋め尽くすほどの体積はフレッシュゴーレムにもないから、奥《おく》へ進んだ分こちらが引っ込むんだの」

「だからといって引っ込んだ分、私達が前に進むわけにも行きそうにないですけどね」

洞窟の入り口に頭だけ入れた状態で、中の状態を確認《かくにん》していたラピスが溜息《ためいき》混じりにそんなことを言った。

見ればフレッシュゴーレムが通り過ぎた後の洞窟の壁は血脂でぬらぬらと滑《すべ》っており、下手に足を踏み入《い》れれば滑るかもしれず、壁に手をつけば汚《よご》れることは確実で、とても入りたいと思えるような状態にない。

それでもフレッシュゴーレムが自壊した後、中を確認するために入る必要があるのだろうなと考えて暗い気持ちになるロレンは、奥の方をゆっくりと移動していく肉壁を嫌《いや》そうな目でじっと見つめていたのだが、しばらくしてその肉壁の動きが少しばかりおかしいのに気がついて目を凝らした。

それまでは順調に奥へと進んでいた肉壁であったのだが、ある程度の深さのところで急にぴたりとその動きを止めてしまったのである。

「おい、止まったぞ」

「奥に着いたのかの？」

首を傾げたままのディアがそんなことを言うのだが、肉壁の方はそれほど奥の方へ進んでおらず、入り口から覗き込んでいるロレン達からまだ見える範囲《はんい》にいる。

最奥部《さいおうぶ》に到着したにしては、浅過ぎるし早過ぎるのではないかと考えたロレンは、唐突《とうとつ》に奥に入り込んでいた肉壁が自分達の方へと戻ってくるのに気がつく。

「逃げろ！　あれ、戻ってきやがるぞ！」

敵味方の区別がつかないほど、フレッシュゴーレムがどうしょうもない存在だとは考えていないロレンではあったが、戻ってくる肉壁の速度はもしかすれば覗き込んでいる自分達を巻き込みかねないと思ってしまうほどの勢いであり、全員に聞こえるように警告を発しながら洞窟の入り口から退避《たいひ》しようとしたロレンの背後で、ディアがぼそりと言葉を発する。

「崩れ落《お》ちろ」

その一言だけで、それまで血肉で体を形作っていたフレッシュゴーレムが、何かの冗談であったかのように脆《もろ》く崩れていく。

血肉が崩れれば、その残骸《ざんがい》が足下に溜《た》まることになり、大変な状態になるのではないかと心配したロレンだったのだが、崩れたフレッシュゴーレムの残骸は一瞬《いっしゅん》、血肉として地面へわだかまったものの、すぐに乾《かわ》いて土くれのようになり、それもしばらくすると砕《くだ》けて粉へと変わり、ロレンが心配していたような状態にはならなかった。

匂《にお》いも全く残すことなく自壊させられたらしいフレッシュゴーレムの残骸へしゃがみこんだディアはロレン達が止める間もなく粉となったそれを摘《つ》まみ上《あ》げ、指にへばりついた粉をしげしげと眺める。

「基本的にゴーレムの類《たぐい》に感情というものはないんだがの」

誰《だれ》に説明するわけでもなく、ディアは指についた粉を払い落としながらそんなことを言い始めた。

「フレッシュゴーレムやボーンゴーレムのような、生体を原料とする類のゴーレムは、たまに感情の残滓《ざんし》のようなものが残っていたりすることがあっての」

「それがどうしたってんだ？」

「このゴーレム、何かに怯えて下がったんだの」

ディアの視線が洞窟の奥へと向けられる。

明かりのない洞窟の内部は、通常の視界では見通すことなどできるわけもなかったのだが、神祖であるディアにはその程度の暗闇《くらやみ》など昼間と同じように見通すことなど造作もないらしい。

ロレンもまた、自分の視界だけでは完全に光の差していない場所まで見通すことはできないものの、シェーナの視覚を借りることでディアと同じくらいの視界を確保することができる。

その視界を同じく洞窟の奥へと向ければ、見える範囲ではただ真《ま》っ直《す》ぐの洞窟が続いているだけで、ディアが言ったようなゴーレムすらも怯えさせたという存在がいるようには見えない。

「ゴーレムすら怯えるって、相当なことですよね」

ロレンにならって洞窟の奥を覗き込んだラピスもまた、魔族としての視界を用いればロレン達と同じく暗闇を見通すことができ、グーラも同じことをすることができる。

ただ一人、ニムだけは洞窟の奥を覗き込んではいるものの、難しい顔をしたままロレン達の様子をちらちらと見ていた。

「ロレン、何か見えるの？」

「いや、見えねぇよ。見えるわけがねぇだろ」

実際は見えている。

しかし、ニムに対して見えていると言うことはできるわけがなく、ロレンはなるたけ取《と》り繕《つくろ》った顔でもってニムに、見えていないと答えるしかない。

「ニムは見えねぇのか？」

「ある程度なら……だけど、奥は見えない」

「うちも見えへんで？」

「私も見えてないです」

洞窟を覗き込んだ体勢のまま、次々に嘘《うそ》の報告をしてくるグーラとラピス。

ディアが一人、何を言っているのだろうかという顔でロレン達を見ているのだが、正直なところをニムに言うわけにはいかない。

「とりあえず、灯《あか》りを用意して中に入ってみるしかねぇか。ありがてぇことに、壁だの床《ゆか》だのの血は落ちたみてぇだしな」

フレッシュゴーレムの自《じ》壊《かい》にあわせて、洞窟の壁を濡《ぬ》らしていた血や脂などもゴーレムの一部であったのか、一緒《いっしょ》に自壊して粉となっていた。

これならば足下の粉には多少気を配らなければならないかもしれないが、壁に手をついたりするのに問題はないだろうと考えるロレンへ、ディアが不思議そうに尋ねる。

「中に入って調査するのかの？」

「あぁ、もしかしたら生存者みてぇのが残ってるかもしれねぇし。この奥にそのフレッシュゴーレムとやらを怯えさせた何かってのがいるんだろ？」

生存者の方は、できればきれいさっぱりと残っていない方が面倒《めんどう》がない、とかなり人でなしな考えをしてしまうロレンであるのだが、ゴーレムを怯えさせた何かというものに関しては調査しておくべきだろうと考えていた。

理由は簡単で、この火笛山に生息しているであろう存在の内、本来ならば感情を持っていないはずのゴーレムすら退けるほどに強力な存在を考えれば、それはロレン達が会いに来たエンシェントドラゴンくらいしかいないのではないか、と思ったのである。

もっとも近くに来てみてもディアやラピスが何も感じることがない状態であるので、可能性としては低いかもしれないと思ってもいるのだが、他に手がかりがない以上は山全体を探索《たんさく》してみるよりはずっと建設的な考えではないかとも思っていた。

「無理について来いとは言わねぇよ。俺《おれ》だけでも行ってみるさ」

「ロレンを一人、行かせられるわけがない」

弓を構えてニムが言う。

先を越された形になったことに、多少の不満を顔に表しながらもラピスが続いて頷《うなず》いた。

「みんな行くならうちだけ残されるのは堪忍《かんにん》やなぁ」

「その流れでは私も行かざるを得ないの」

結局は全員で洞窟に入るということが決まる。

洞窟は人が二人横に並んで歩いても充分《じゆうぶん》な広さがあり、ロレン達は先頭をロレンと魔術《まじゆつ》による灯りを指先に灯《とも》したディアが歩き、中ほどにグーラが立ち、その後ろをラピスとニムが並んで歩くという隊列を組んでから、洞窟の中へと足を踏み入れた。

「臭《くせ》ぇかと思ったが……そんなこともねぇな」

フレッシュゴーレムの存在を抜きにして考えても、おそらくはオーク達の住処となっていた場所であり、不潔で悪臭《あくしゆう》が漂《ただよ》っていることを予想していたロレンだったのだが、踏み込んだ洞窟の内部に満ちている空気は、少しばかり湿《しめ》っぽいものの、予想していたような悪臭は含《ふく》まれてはいない。

「先にゴーレムが突っ込んだ場所だからの。汚れや匂いの元は全て取り込んだ後だの」

おそらくはロレン達が来る前の状態ならば、ロレンが想像していたような状態であったのだろうとディアは言う。

そこにフレッシュゴーレムが突っ込み、洞窟の壁に体を擦りつけながら奥へと進んで行ったことで、汚れやらなにやらをゴーレムが体の内に取り込んだらしい。

それらのものはゴーレムが自壊したときに一緒に分解され、足下を埋《う》め尽くす粉になっているので、匂いも汚れも残っていないのだとディアは言う。

「便利なもんだな」

「元々、ゴーレムとは便利に使うものだからの」

「見た目、最悪ですけどね」

「一つくらい欠点がある方が可愛《かわい》げがあるというものだろうの」

内臓や筋肉を練りこんだようなあの外見が、欠点の一つで済むのだろうかと思いながらロレンは洞窟の中を進んでいく。

フレッシュゴーレム自体があまり奥まで進んでいかず、途中《とちゅう》から引き返してきてしまっていたので、もしかすれば奥の方にはまだオークが残っていたりするのではないか、とロレンは考えていたのだが、どのような方法を使ったのかロレン達が奥へと進んでいってもオークの姿もなければ食い残しのような死体の姿も見受けられなかった。

「掃除《そうじ》はきっちり終えておったようだの」

魔術の灯りをあちこちに差し出して状況を確認しながら、ディアが満足げに言う。

洞窟自体の奥行《おくゆ》きはまだまだ深いというのに、浅いところまでしか進まなかったフレッシュゴーレムがどのようにして奥にいたかもしれないオーク達を始末したのかについては、多少興味が湧《わ》かなくもないロレンであるのだが、それをディアに質問すればとんでもない答えが返ってくるかもしれないと考えればうかつに質問することもできない。

結果的に、オーク達が殲滅されていればそれでいいかと考えるロレンであった。

「生存者の方もきれいさっぱりと掃除されとらん?」

ロレン達の後ろを歩くグーラがやや呆れたような口調でそんな言葉をディアにかけたのだが、ディアは軽く胸を張るときっぱりと言い放った。

「そのようなものは見ておらんのだから、いなかったのではないかの！」

「うっわー……ロレン、その神祖。開き直りおったで」

「いるかもしれない、というのは確かでしたが、いたかどうか分からない以上はいなかったのだろうと主張されても、反論のしようがないんですよね」

「ロレン、友達は選ぶべき」

呆れるグーラに何故《なぜ》か納得するラピス。

ニムの心配そうな忠告めいた言葉を聞きながら、いちおう自分達の進む先には何かしらゴーレムすらも怯《おび》えさせた存在がいるはずなのだが、緊迫《きんぱく》感というものをこいつらはどこに置き忘れてきたのだろうかとロレンは一人、周囲を警戒《けいかい》しながら思うのであった。


「それにしても、何にもねぇな」

警戒しつつ進むロレン達であるのだが、オーク達の住処《すみか》だったというわりには洞窟の中には生活の痕跡のようなものはまるでなかった。

普通に考えれば煮炊《にた》きをするような場所はねぐらのような場所。

襲《おそ》った村から連れてきたのであろう村人達を閉じ込めておく場所や食料の貯蔵庫のような場所があってしかるべきであったのだが、そういったものが何一つ見つからない。

なんとなく、部屋として使っていたのであろうと思われる空間はいくつか発見できたもののの、その中には何も残されておらず、元々どんな目的で使っていたものであるのか推測することすらできない。

「きれいさっぱりと、掃除し過ぎじゃないですか？」

後ろを歩くラピスが前を歩くディアにそんなことを言えば、ディアは素知らぬ顔でそっぽを向き、妙《みょう》に下手くそな口笛など吹《ふ》きだす。

誤魔化《ごまか》すにしても、もう少しやりようがあるのではないかと苦笑《くしょう》するロレンにはもう一つ気がかりなことがあった。

それは、感情のないはずのゴーレムを下がらせた何かの存在である。

通常ならば怯えることなどあるはずのないゴーレムを、怯えという感情を呼び覚ましただけではなく、前に進むことを断念させ後ろへと下がらせたほどの何かが洞窟の先にいるはずなのだが、ロレンはおろかラピスやディア、グーラに至ってもそのように強力な気配をいまだに感じ取れずにいた。

「何がおったんやろなぁ？　もういなくなったんやろか？」

頭の後ろで手を組み、警戒心などまるで感じさせない態度で歩いているグーラが誰に聞くでもなしにそんなことを言うのだが、それならばそれでその強力な気配を持った何かが移動する兆《きざ》しのようなものがあってもいいだろうとロレンは思う。

だが、そのような兆しについてもロレン達は全く感じ取れなかったのだ。

「よほど力や気配の使い方が上手な何かがいたんですかね？」

「それは怖《こわ》い。とても太刀《たち》打《う》ちできる気がしない」

むやみやたらと周囲に威圧《いあつ》感を振りまく存在も恐《おそ》ろしくはあるのだが、必要なときに必要なだけの威圧を行い、後は周囲に気取られることなく移動できるような存在がいたのだとすれば、それは恐ろしいことだとニムは言う。

それは非常に高い知能と実力を兼《か》ね備《そな》えているという証《あかし》だからと語るニムに、なるほどその通りだと思うロレンである。

そんな会話を行いながら、洞窟の奥へとゆっくり進んでいくロレン達であったのだが、ある程度進んだところでロレンは肩を引っ張られるような感触《かんしょく》を覚えて自分の右肩《みぎかた》へと視線を落とした。

そこにはロレンの肩を定位置としているニグがいるはずだったのだが、その姿が見えず、代わりに白い糸が貼《は》り付《つ》けられており、糸の先を視線で手繰《たぐ》れば黒い体のニグが洞窟の壁に貼り付いているのが見える。

何事だろうかとロレンは糸に引っ張られるままにニグが貼り付いている壁へと歩み寄り、

ふと壁の方からほんのわずかにではあるのだが甘《あま》ったるい匂いを感じて足を止めた。

「ロレンさん？」

急に壁際《かべぎわ》に歩み寄ろうとしたかと思えば、すぐに足を止めたロレンの行動に訝《いぶか》しげにラピスが声をかけたのだが、すぐにロレンの視線が壁へと向いていることに気が付き、軽く手を挙げて残りの全員の注意を引くと、自分はゆっくりと壁際まで近づいてその岩肌《いわはだ》に顔を近づける。

「どないしたん？」

「何かこう……気持ちの悪い臭いが」

ラピスにはそう感じられるのかとロレンが思っていると、グーラがラピスと同じく壁際まで近寄り、そこで軽く鼻をひくつかせたかと思うと、急に眉根《まゆね》を寄せて口元を覆いながら素早《すばや》く壁から距離を取った。

そのあまりに急な反応に、もしや毒の類だったのかと身構えたロレンだったのだが、続くグーラの言葉に一瞬意識が真っ白になる。

「ルクセリアの気配がするやんか！」

真っ白になった意識の中にロレンが思《おも》い浮《う》かべたのは、てらてらと光る肌色《はだいろ》を惜《お》しげもなく露出《ろしゅつ》し、股間《こかん》を申し訳程度の布で隠し、満面の笑《え》みをたたえた顎《あご》の割れたマッチョの姿であった。

思わず一歩後ずさりしようとし、力の入らなかった足がロレンの体重を受け止め損《そこ》ね、仰《あお》向《む》けに倒《たお》れかけたのを支えたのは、近くにいたディアといつの間にかロレンの背後に回っていたラピスの二人である。

おそらくラピスはルクセリアの名前を聞くなり、即座《そくざ》にロレンの背後に隠れようとしたのだろうが、そのロレンが仰向けに倒れかけたのを見て、慌てて支えに回ったらしい。

そこはお前の避《ひ》難《なん》場所ではないぞと思うロレンなのだが、この場合はそこにいてくれたことに感謝しなければならないだろうと思いながら、どうにか体勢を立て直してみれば、何が起こっているのか分からないといった顔のニムと、壁を睨《にら》みつけているグーラの姿が目に入る。

事態を理解していないニムは別として、ルクセリアの名前を口にしたグーラは口元を手で覆ったまま、注意深く壁へ顔を近づけ、岩肌をしばらく丁寧《ていねい》に調べていたのだが、やがて顔を離《はな》すとロレン達の方を向く。

「この壁な。たぶん〈石壁《ストーンウォール》〉で塞がれとる。誰がやったかは……いや、アレやないとは思うんやけど……」

色欲の邪神の気配がし、さらに魔術を扱《あつか》うルクセリアではない誰か。

その条件が合致《がっち》する人物を、ロレンは一人しか知らない。

だがもし、その該当《がいとう》する人物がここへ来ていたのだとすれば、自分達は一足遅《おそ》かったということになるのではないかという考えがロレンの頭をよぎる。

もっとも大穴で、カッファの街で筋肉だらけの冒険者《ぼうけんしゃ》集団を率いているであろう、あの色欲の邪神が何らかの方法でここに壁を作った、と考えることができないわけではないのだが、その場合は本格的に色欲の邪神であるルクセリアの排除《はいじょ》を検討しなければならず、どちらにしても調査は必要であった。

「その石壁、どけられんのか？」

「そりゃまぁ〈解呪《ディスペル》〉するだけやから……あ、でもうちと同じくらいの強さで魔術を使われとると、ちょっと骨かもしれんなぁ」

ロレンやグーラの頭の中にあるのは、ロレン達と因縁《いんねん》のある黒い剣士《けんし》であるマグナという男に付き従っているノエルというダークエルフのことであった。

以前に別の場所で、邪神を生み出した遺跡《いせき》なるものを探索したことがあるロレン達は、そこでグーラ達のような邪神を生み出した装置により色欲の邪神として生まれ変わったノエルと遭遇したことがある。

そのときは大して交戦することもなく別れたのであるが、そのノエルもまた色欲の邪神としての力を得た以上は、ルクセリアと同じ力や気配を持っていておかしくない。

「ちっとやってみてくれ。調べとかなきゃならねぇだろ」

「せやなぁ。ちょっと時間くれる？」

そう言いながらグーラが石壁へと近づくのとすれ違《ちが》うように、石壁に張り付いていたニグが自分が吐《は》き出した糸を手繰りながらロレンの右肩へと戻《もど》ってきた。

自分達が気付き損ねた異変の気配を、敏感《びんかん》に感じ取って教えてくれたニグに対してロレンがその背中をなでてやると、ニグは定位置であるロレンの肩にしっかりとしがみついて、また動かなくなる。

「ロレン、随分懐《ずいぶんなつ》かれてる」

「そうみてぇなんだが……なんでだろうな」

「虫や動物に好かれる人に悪い人はいない。やっぱりロレンがいい子だから」

にっこりと笑ってロレンの背中をぽんぽんと叩《たた》くニムの言い方に、ロレンは面映さを感じて頬《ほお》の辺りを人差し指でこりこりと引っかいてしまう。

その間に、石壁を調べていたグーラはしばらくすると石壁から一歩離れて右の掌《てのひら》を向けた。

「〈解呪《ディスペル》〉」

呪文《じゅもん》を唱えると石壁の表面が一瞬ぼんやりと光った。

その光が消えると、それまで固い石壁だったものが形を失い、宙に溶《と》けるようにして消えうせていく。

同時に、そこになかった入り口が出現し、ロレン達はその向こう側から漏《も》れ出してきた甘ったるい匂いに顔を背《そむ》けたり、口を手で押さえて咽《む》せたりする羽目になった。

「知識を尊ぶ神よ、魔《ま》なる力より我らを守り給《たま》え。〈対魔防御《プロテクションフロムマジック》〉」

慌ててラピスが唱えた法術により、全員の魔術などに対する耐性《たいせい》が上がる。

それがなければもしかすると、ロレンやニムはその甘ったるい匂いにやられ、色欲の力の支配下に落ちていたかもしれない。

そう思わせるほどに強烈《きょうれつ》な匂いであった。

咽せすぎて涙《なみだ》まで出てきたロレンが目を拭《ぬぐ》いながらグーラが開いた入り口の向こう側を見れば、床になにやら紫色《むらさきいろ》の光で描《えが》かれた術式の陣《じん》らしきものがあり、その中心部には女性を象《かたど》ったと思われる石の像が置かれている。

「これ……何?」

口元を押さえたまま尋《たず》ねてくるニムに、なんと答えたものかとロレンは考える。

邪神《じゃしん》関連の情報はおそらく、白銀級冒険者であるニムのところにも回ってきているはずであるのだが、その邪神がすぐそこにいるとはとても言い難《にく》い。

しかしそこを説明しなければ、色欲の邪神について説明するのは非常に難しく、どうしたものかと考えるロレンの代わりにグーラが口を開いた。

「これな、精神系に影響《えいきょう》を及《およ》ぼす術式の陣やねん」

「聞いたことない」

「そりゃなぁ、真っ当な術式やあらへんし。うちみたいなちょっとワケありの外法使いやないと分からんのと違うかなぁ」

自分でワケありとか言う奴《やつ》があるかと思うロレンなのだが、ニムはじっとグーラの姿を見た後、何故か納得《なっとく》したようになるほどと呟《つぶや》いた。

グーラの姿のどこに納得できる要素があったのだろうと思うロレンは、さらに突っ込んだ質問が来るとでも思っていたのか拍子抜《ひょうしぬ》けしたようなグーラの姿をじっと見つめて、なんとなく納得できてしまう部分を見つける。

「普通の魔術師《まじゅつし》の恰好《かっこう》じゃねぇもんな」

魔術師といえば、ローブに杖《つえ》というのが基本的な恰好である。

だがグーラの恰好は、とても魔術師という言葉から連想できるような恰好ではなく、露《ろ》出《しゅっ》も随分《ずいぶん》と激しい。

外法使いだと言われれば、なるほどそんな恰好をしているのも普通の魔術師ではないということなのだなと、思ってしまえば納得できる恰好であった。

「自分で言うたことやけど、そういう納得のされかたは傷つくわー……」

「とりあえず、グーラさんの異常な外見は放っておくとしまして」

しょんぼりと肩《かた》を落とすグーラを放置して、ラピスは見つけた入り口の向こう側にある術式陣を指差す。

「これは潰《つぶ》しておいた方がいいのではないです？　たぶんオーク達がやたらと活発だったのは、これのせいだと思いますし」

「そうかもしれねぇが……どうやりゃ潰れんだこれ？」

またグーラに〈解呪《ディスペル》〉でも使ってもらうのかと考えるロレンへ、ラピスは陣の中心部に安置されている女性像を指差した。

「あれが陣の要のようですから、あれを破壊《はかい》すれば陣自体が維持《いじ》できなくなるでしょう」

「暴走とかしねぇよな？」

制御《せいぎょ》されているものの要を破壊すれば、確かに制御が狂《くる》って全体が崩壊《ほうかい》するのだろうが、その際にそれまで制御されていたものが急に制御を失うことにより暴走する、というのは考えられる話であった。

だからこそ確認したロレンだったのだが、ラピスはさぁと首を傾げてみせる。

「陣の解読ができませんから」

普通の魔術陣《まじゅつじん》ならばラピスも解読できたのであろうが、ここにあるものは邪神の力による陣であり、ラピスの知らない陣である。

ならば知らない現象が起きても不思議ではない、と言うラピスの言葉にロレンはげんなりしつつも、陣をこのまま放置しておくというわけにもいかず、陣の中心に置いてある女性像の材質がなんであれ大剣で叩き切れば壊《こわ》れるだろうと考えるとゆっくりと大剣を構えるのであった。

陣の暴走は怖いが、放置しておくわけにもいかない。

多少のことがあったとしても、ここには魔を操《あやつ》るのに長《た》けた種族である魔族のラピスと、色々と言いたいことはあるにしても神の名がついている邪神のグーラ、そしてロレンの内側にはアンデッド最上位である〈死の王〉であるシェーナがいるのである。

少々のことは何とかなるだろうと考えて、ロレンは構えていた大剣を振《ふ》りかぶると、怪《あや》しげな光を放っている陣の中心部にある女性像へと切りつけた。

なんとなく、といった感じで相当固い材質でできているのではないかと考えていたロレンだったのだが、女性像は大剣を振りぬいたロレンの手にほとんど衝撃《しょうげき》らしい衝撃を与《あた》えることなく刃《は》は像を通《とお》り抜《ぬ》け、少々勢い余ってつんのめりかけたロレンの目の前で、斜《なな》めに断《た》たれた女性像が床へと落ちる。

その途端《とたん》に床に描かれていた術式が光を失い、耐《た》え難いほどに漂っていた甘ったるい匂いが初めからなかったかのように消え去った。

「どうだ?」

「大丈夫《だいじょうぶ》みたいですね」

何か起きるのだろうかと考えていたロレンだったのだが、ラピスは周囲を見回してから何も変化がないようだと見ると、ロレンの傍《かたわ》らまで近づき、足下《あしもと》に落ちている女性像を軽くつま先で突《つ》いてみる。

こつこつと硬《かた》い音を立てはするものの、何も起こらない女性像を確認してからラピスは大剣を背中へ納めたロレンの方を向いて、大丈夫そうだと頷いた。

「これでオーク共の方は大丈夫ってわけだな」

「ここにいた分はさっきのゴーレムがきれいに片してしもうたけどな」

皮肉なのか冗談《じょうだん》なのか、どちらともつかぬ声音《こわね》でグーラがそんなことを言い、じろりと

ディアがグーラを睨んだとき、それはいきなり来た。

納めたばかりの大剣の柄《つか》へロレンが思わず手をかけ、ラピスがはっとして身構える。

へらへらと笑っていたグーラの顔から笑みが消え、ディアはグーラを睨みつけていた視線をそのまま、グーラではなくおそらくは洞窟《どうくつ》の奥の方であろう方角へと向けた。

一人ニムだけが、いきなり臨戦態勢ともいえる雰囲気《ふんいき》になったのに驚き、何があったのか分からないままにきょろきょろと周囲を見回している。

「感じたか?」

「ええ、うっすらと微妙《びみょう》に、それとなくあまりはっきりとはせずにですが」

「やたら短く、いきなり消しおったな」

「それでも確実に、こちらに意識を向けおったの」

「ロレン、説明して欲《ほ》しい」

くいくいとロレンの服の袖《そで》を引っ張るニムに、ロレンは大剣の柄から手を離しながらなんと答えたものかと考えてしまう。

ロレン達の意識を一気に臨戦態勢まで引き上げたのは、おそらくはロレン達に向けられた一瞬の気配であった。

ラピスが言うように、ほんのわずかだけ匂わすように向けられたそれを、ニム以外のメンバーは敏感に感じ取り、思わず臨戦態勢を取ったわけなのだが、あまりにわずかすぎてニムには感じ取れなかったらしい。

ラピスやグーラ、ディアといったメンバーは感じ取れてもおかしくないとはいえ、白銀級の冒険者であるニムが感じ取れなかったそれを、感じ取ったロレンの感覚の鋭敏《えいびん》さに、顔には出さないものの舌を巻くラピス達であった。

「何かが一瞬、俺達を意識した、っていうのか？」

「害意はなかったようですが、かなり強力な気配を感じました」

「この洞窟のもっと奥の方からやね」

「通路は続いておるようだの。進むかの？」

ディアが通路の先を指差すのに対して、ロレンは頷きを返す。

「そりゃな。調査が目的で来てんだから、進むしかねぇだろ」

ここで引き返しても、冒険者ギルドに報告することがほとんどない。

近くの村が壊滅《かいめつ》していたのは冒険者ギルドよりも国に報告しなければならないような事案であるし、オークが異常発生していたという報告は襲撃《しゅうげき》してきたオーク達を倒し、住処であるこの洞窟をフレッシュゴーレムによってきれいさっぱりと掃除してしまった今となっては報告を裏付けるものがなにもないのだ。

「ではせいぜい気を付けて進むとするかの」

「そうですね。何かあったら神祖先生にお任せするということで」

「それはまぁ、大概《たいがい》のことなら何とかする自信はあるがの？　そもそもがそなたらの仕事なのだから、私に丸投げするのは少し違うのではないかの？」

「使えるものは何でも使って窮地《きゅうち》を脱出《だっしゅつ》するのも冒険者としての手腕《しゅわん》ではないかと、私は思うのです」

さらに洞窟の奥の方へと歩き出しながら、ラピスの物言いに苦言を呈《てい》したディアだったのだが、ラピスは悪びれた様子もなくきっぱりとそう言ってのけた。

その後ろではグーラがその通りだとばかりに何度も頷いているのだが、ディアが駄目《だめ》だった場合、次に丸投げされるのはきっと邪神であるグーラのはずだろうとロレンは思う。

「なぁニム。ある程度のところで見切りつけて、戻ってくれててもいいんだからな？　俺達はちょっとばかり俺達の都合で動いている部分ってのもあるんだからよ」

あまりニムを深入りさせるのも、ニムやチャックに申し訳ない気がして、ロレンは後ろを歩いているニムにそう告げる。

一人で戻らせるというのも危険な気がしないでもないのだが、白銀級の冒険者であるニムの実力ならば、一人でもカッファの街まで戻ることが可能だろうと考えての言葉だったのだが、言われたニムはふるふると首を振ってみせた。

「一度参加した仕事。きちんと遂行する。帰るときは、皆一緒《みないっしょ》に」

「嘘偽《うそいつわ》りなく、いい嫁《よめ》さんになりそうだな、ニムは」

ロレンが感じたままを素直《すなお》に言葉にしてやれば、あまり感情の動きが見えないニムが、そっと視線を逸《そ》らしながら、ほんのわずかに頬の辺りを染めた。

その様子を見て、グーラとディアがにやにやと意地の悪い笑みを顔に浮かべ出す。

これはいじりに来る流れだろうと思ったロレンはそうされる前に手を打つべく、やや強めに二人を睨みつければ、あっさりとこれからの行動がバレたことを悟《さと》った二人はすごすごとニムへちょっかいをかけることを諦《あきら》める。

「ロレンさん、今の一言を私にも言ってくれません？」

期待に目を輝《かがや》かせながら、そんな要求をしてくるラピスにロレンは口を開いて同じことを言ってやろうとして、途中で思いとどまって口を閉じた。

言ってくれないのかと頬を膨《ふく》らませかけたラピスの頭にロレンはぽんと手を置く。

「そういうのは本当にそう思ったときにじゃねぇと、言葉に重みがないんだぜ？　軽い言葉でいいならここで言ってやるが、そんな言葉が欲しいかよ？」

「むぅ。それならそのときのために取っておきます」

ロレンの言葉に機嫌《きげん》を直し、あっさりと引き下がったラピスの態度にグーラとディアがまたにやにやとした笑いを顔に浮かべ始めたのだが、こちらはラピスに一瞥《いちべつ》されただけですぐに顔から笑みを消してそそくさと距離《きょり》を取り始める。

よほど怖い顔で睨んだのだろうなと思うロレンだったが、ラピスにとっては幸運なことにその顔はロレンからは見えない角度でグーラ達に向けられており、ロレンがその顔を目にすることはなかった。

そんなことをしながらロレン達はオークの住処であった洞窟を奥《おく》へと進んでいく。

ある程度進んだところでロレンが気が付いたのだが、この洞窟の奥の方にはオーク達は足を踏《ふ》み入れてなかったらしい。

具体的にはロレンが潰した術式の陣があった場所から先へは、オーク達は来ていなかったようなのである。

それが何故分かるのかといえば、自壊《じかい》させられ粉となったフレッシュゴーレムの残骸があの陣があった場所からぱったりと途《と》切《ぎ》れてしまっていたことが一つ。

あのフレッシュゴーレムは何かに反応して後退していたので、全くその手が届かなかったのかどうかは分からないが、それほど下がらないうちにディアが自壊させたところから考えて、後退した分を考慮《こうりよ》してもやはり奥深くまではその手は届いていなかったようなのだ。

だというのに、オークが暮らしていたような不潔さや匂いは全く感じるものがないところからして、洞窟の奥の方は手付かずだったと考えていいだろうとロレンは思う。

その理由は何かと考えれば、やはり自分達に一瞬意識を向けてきた何かが奥にいるのだろうとしか考えられない。

「順当に考えるなら、エンシェントドラゴンって線が強ぇよな？」

「奥にいる何かってことですか？　それはそうかもしれないですが、もしそうだとすると別に疑問が生じません？」

「何かおかしいかよ？」

「エンシェントドラゴンが巣穴に続いている洞窟にオークが住み着くことなんて許してくれるでしょうか？」

オークとは不潔な種族である。

色々なものを溜め込むせいで、住処の周辺は非常に臭《くさ》いことになってしまうし、耐え難いほどに汚《よご》されてしまう。

そんな魔物《まもの》が近くに住み着くだけでも相当不快に感じるはずであるのに、自分の住処に直結するような場所に住むことを、果たしてエンシェントドラゴンのような存在が許してくれるのだろうかと考えれば、到底《とうてい》許してくれなそうな気しかしない。

「私の住処の近くにオークが住み着いたら、確実に即日焼却《そくじつしょうきゃく》するの」

「人族すら許容できなそうなもん、ドラゴンが許してくれるとは思えへんなぁ」

「エルフも、森の近くにオークがいたら全力で排除にかかると思う」

「きっとドラゴンも許してくれないと思うんですよ。でもそうなると、この先にいる何かっていうのはいったい何なんでしょうね？」

「オークに寛容《かんよう》なドラゴンなんじゃゃねぇのか？」

人族にも色々な趣味《しゅみ》の者がいる。

それはエルフだろうが魔族だろうがきっと同じのはずであった。

流石《さすが》に邪神やら神祖についてはロレンも分かりかねる話ではあるのだが、それなりに色々な考え方を持つ者がいる種族なのであれば、稀《まれ》にオークのように忌《い》み嫌《きら》われる種族に対して寛容の精神を示す個体がいてもおかしくないのでは、とロレンは思ったのであるが、この考え方はグーラやディアには受け入れられなかったらしく何を馬鹿《ばか》なことをとばかりに鼻で笑われてしまう。

「ロレンは珍《めずら》しい子。そういう考え方をする人族はあまりいない」

珍しいというのは褒《ほ》められているのか貶《けな》されているのか、今ひとつはっきりしない言い方だなと思うロレンであるが、ニムの表情を見る限りではどうも褒められているらしいと思うことにした。

「私はそう言う考え方、嫌いではないですね」

だからといってオークを許容はできないですが、というラピスもロレンの考え方を否定する気はないらしい。

そもそもニムには言えないが、魔族であるラピスは人族からは忌み嫌われておかしくない種族である。

そんな魔族に対して普通《ふつう》に接するロレンのことであるから、そのような考え方をするのもおかしなことではないのだろうとでも思っているのかもしれない。

「まぁ可能性は低いんだろうがな。自分で言った言葉じゃあるが、俺もオークと仲がいいドラゴンってのは想像もつかねぇよ」

いれば面白《おもしろ》い存在であろうが、ここに住んでいるらしいエンシェントドラゴンがそれほどの変わり者であるとするならば、そのドラゴンのことを教えてくれた魔族領に住むエンシェントドラゴンであるエメリーが一言何か情報をくれていたはずだろうなと思うロレンであった。

第五章　前進から到着する

立ち止まって考えていても答えが出るわけはない。

先に進むと決まった以上は行動するべきであろうとロレン達はさらに洞窟の奥へと進む。

隊列を組み、奥へ奥へと進むうちにラピスがおかしなことに気が付いた。

「この洞窟、どこまでいっても広さが変わらないですね」

自然にできた洞窟ならば奥へ行く程にその広さが狭《せま》くなってきたり、あるいはそうならなくともどこかで多少の広さの違いが出てくるようなものである。

だというのにロレン達が進む洞窟は入口からずっと、ほとんど広さが変わらないままに続いているのだ。

それが何を意味するかといえば、ロレン達がいる洞窟が自然にできたものではない、ということを表しているのではないかとロレンは考えた。

しかし、洞窟の壁《かべ》に顔を近づけてみても、そこにある岩肌は誰《だれ》かの手によって掘《ほ》られたとは到底思えない、きわめて自然な凹凸《おうとつ》を備えた壁である。

作られた洞窟であることを隠《かく》すための偽装《ぎそう》だろうかとロレンは考えた。

「オーク共が掘ったのか?」

「もしそうなら、もっと歪《いびつ》になっていると思います」

広さが変わらない人工の洞窟というのは、同じ広さで掘り続けるだけの技量や知識がなければ作ることはできない。

たとえオーク達が自分達の住処を作るために山肌《やまはだ》を掘ったのだとしても、それはおそらく力任せの仕事になるはずで、できた洞窟の形は歪になっていないとおかしいとラピスは言う。

「なら、誰の手によるものだってんだ……」

「そりゃあの、儂《わし》じゃよ儂。聞こえるかのぉ儂の声が?」

いきなり耳元で聞こえた声に、全員がその場に立ち止まり、警戒のために身構えた。

だが周囲には自分達以外の姿は見えない。

シェーナが使う念話のようなものだろうかと大剣を構えながら思うロレンであったのだが、脳裏《のうり》に響《ひび》くように聞こえてくるシェーナの声とは異なり、今しがた聞こえた声は間違《まちが》いなく鼓膜《こまく》を震《ふる》わせて聞こえる肉声のように思えた。

そしてそれは、老人の声だったのである。

「聞こえておるかのぉ？　聞こえておったら返事をしてほしいのぉ」

「誰だ？」

応答を求める声に、ロレンは短く尋ねる。

相手の姿が見えない状態で、声だけ聞こえてくるというのは警戒されて当たり前の状《じょう》況《きょう》であり、長くしゃべればそこからどんな情報が相手に渡《わた》るか分かったものではない。

だからこそ短く、お前の声は聞こえているぞということだけを伝えるだけの言葉を発するのが正しいだろうとロレンは考えたのだ。

それくらいに警戒しているロレンであったのだが、姿の見えない声の主はロレンが返事をしたのを聞きとると、声に喜色が交じる。

「おぉ、ようやっとつながったか。声の届く範囲《はんい》に入ったんだのぉ。いやはやこれで助かったわい」

「誰なんだお前は」

他のメンバーは声を発することなくじっとロレンと声の主との対話を見守っている。

「なに、つまらん者じゃよ。そんなことよりその辺にあった忌々《いまいま》しい術式陣を壊してくれたのはおぬし達かの？」

その辺にある術式の陣と言われれば、つい先ほどロレンが破壊《はかい》した色欲の術式陣くらいしか心当たりのないロレン達である。

それのことだろうかとロレンが問いかければ、声は嬉《うれ》しそうに然《しか》り然りと繰《く》り返《かえ》す。

「生まれ出《い》でてよりこのかた、久方ぶりに身の危険を感じておった。それを取り除いてくれたというのであれば、礼をせねばなるまいのぉ。そこより先に危険はない。安心して進んで来るがいいぞ」

安心しろと言われて、はいそうですかと返すような冒険者が長生きできる道理はない。

だがロレンはなんとなく、聞こえてきた声の調子からしてその声の言うことは信用しても大丈夫なのではないか、という思いにとらわれていた。

もっともそれは何の根拠《こんきょ》もない思いであり、どうしたものかと仲間達を見回せば、それぞれが皆《みな》難しい顔をして考え込んでいる。

「罠《わな》、ですかね？」

「罠やないかなぁ」

「罠に決まっている」

「鵜呑《うの》みにする馬鹿はおらんだろうがの」

女性陣《じょせいじん》は一律、声の言うことを罠だと判断したらしい。

自分がお人好《ひとよ》し過ぎるのだろうかと思うロレンであったが、とりあえずは信用してみようというようなことを口に出さなかったことに安堵《あんど》し、ならばどうしたものかと持ちかけてみた。

「進むしかないですよね。罠に注意しながら」

つまりは普段《ふだん》通りに油断せず、前へと進もうということらしい。

それしかないかと考えながら足を踏み出《だ》せば、呆《あき》れたような口調の声がロレンの耳へと届いた。

「疑《うたぐ》り深《ぶか》いのぉ。仕方ないのかもしれんがのぉ」

「どこから話しかけてやがんだよ」

姿が見えない相手と会話をするというのは妙な気持になるなとロレンは思う。

シェーナとの会話に似たものがないわけではないのだが、シェーナはその気になればロレンの視界の中にその姿を現すことができる上に、声に出さずとも会話を成立させることが可能な相手であり、今ロレンに話しかけてきている相手とは勝手が違った。

「大気を震わせて直接音をおぬしの耳に届けておる。つまり、他の者の耳に音を届けていない場合、お前はぶつぶつと独り言を言っているようにしか見えないのじゃ」

「性格悪ぃな！」

声の主の言いぐさに、思わず声を荒《あら》らげてしまったロレンなのだが、どうやら本当にロレン以外のメンバーには聞こえないようにしていたらしく、いきなり大声を出したロレンを全員がびっくりしたような目で見ていた。

一つ咳払《せきばら》いをし、声の主の姿が見えるまで声が聞こえても無視しておくべきだろうと考えるロレンの耳に、さらに声が聞こえる。

「すまんすまん。悪ふざけが過ぎたようじゃの」

詫《わ》びる言葉にふざけたような調子はない。

それでも同じ愚《ぐ》を犯《おか》すようなことはするまいと口を閉じるロレンに、声の主は残念そうな声で告げた。

「だんまりかのぉ。仕方あるまい。大気を震わせて声を伝えるということができるということはのぉ。声の調子を変えることもできるんじゃが……おぬしがだんまりならば、他の者にちょっかいをかけてみるかのぉ」

「何しようってんだ」

何やら不吉《ふきつ》な予感がして、小声でではあるのだが答えたロレンへ声の主はとんでもないちょっかいの内容を囁《ささや》く。

「おぬしの声に似せて、この場におる全員の耳元で、愛しているよと囁くとかのぉ」

「ぶっ殺すぞ、手前ぇ……」

ご丁寧に「愛しているよ」の部分だけ声音を変えてきた声の主に、ロレンは底冷えがするような低い声でぼそりと呟いた。

耳のいいラピスやニムにはその呟きが聞こえたらしく、ぎょっとした顔でロレンを見るようなことになったのだが、二人を驚《おどろ》かせてしまうことよりもロレンからしてみれば声の主の言うちょっかいとやらを止めることの方が最優先である。

本当にそんなことをされたら、どんな混乱が起きるか分かったものではない。

大喜びする者もいるだろうし、戸惑《とまど》う者も出るだろう。

怒《いか》りだす者とているかもしれず、それらに一斉《いっせい》に詰《つ》め寄《よ》られでもすれば到底事態を収《しゅう》拾《しゅう》しきる自信がロレンにはなかった。

「礼がしてぇってんなら、そういう真似《まね》はやめやがれ」

「軽い冗談じゃというのにのぉ。よほど周りの者が怖いのかのぉ」

「ちびりそうなくらいに怖ぇから、やめろ」

「今の声音には真実が含《ふく》まれておったの。分かった、やらんことを誓《ちか》おう」

声の主は周囲の面々がどのような顔ぶれであるのか、ということまでは分からないらしいなとロレンは考える。

もしもここに神祖と魔族、邪神といった言葉面だけ並べてみても不吉な響きしかない面々が揃《そろ》っているとしれば、到底やろうとは考えないいたずらであった。

「しかし、儂のところに来るまでの時間。退屈《たいくつ》で仕方ない。話相手くらいにはなってくれんかのぉ」

「分かった。無視しねぇから聞きてぇことがあるなら話せ」

声の主の声がロレンにしか聞こえていない以上、ぶつぶつと何事か呟いているロレンの姿は他のメンバーから見れば奇異《きい》に映るかもしれない。

しかしながら声の主が言ういたずらを止めるためであれば、多少変人のように見られてもロレンはそれを甘んじて受ける覚悟《かくご》があった。

「では尋ねるのだが、おぬし達《たち》はあの術式陣を作った者の仲間ではないのだな?」

「誰が作ったか確信はねぇが、たぶんこいつだろうと思うくらいに知ってる相手じゃあるが、仲間なんてとんでもねぇよ」

「なるほどなるほど。ではおぬし達のいる辺りから妙《みょう》に強力な力の波動を感じるのだが、その理由は何かの?」

言われてロレンは周囲にいるラピス達を見る。

強力な力の波動と言われて真っ先に思いつくのはラピスが持っているエンシェントドラゴンのエメリーからもらった地図に付与《ふよ》されている力なのであるが、強力な力とだけ言うのであれば神祖であるディアや魔族であるラピス、邪神であるグーラと自分とニム以外の全員が条件としては当て嵌《は》まってしまう。

そのうちどれのことを声の主が言っているのか分からない以上は適当な答えは避《さ》けるべきだろうとロレンは考えて、この場で回答はしないことにした。

「そりゃ自分の目で確かめた方がいいんじゃねぇか？」

「該当しそうな要素が複数あるということかのぉ。それはちと恐《おそ》ろしいのぉ」

あっさりと自分の意図を見抜《みぬ》かれてロレンは内心で舌を巻く。

下手なかけひきのようなものはかえって相手に不信感を抱《だ》かせそうであり、答えは慎重《しんちょう》に考えなければならないと気を引《ひ》き締《し》めなおしたロレンは、自分の方からも質問をしてみることにした。

「あんたは、この付近に住んでるっていうエンシェントドラゴンなのか？」

「その話を誰から聞いたのかのぉ。儂は長いこと、姿を隠してここに住んでおるから、儂のことを知る者は限られているはずなんだがのぉ」

エンシェントドラゴンが姿を隠して暮らす理由については、ロレンには想像もつかなかった。

強大な力を持っている存在がその姿を隠すからにはそれなりの理由があるのだろうが、

今はそれについて考えるよりも、尋ねられたことに答えるのが先であろうと考える。

「別の場所に住んでるエンシェントドラゴンから聞いた。エメリーって名前だったが、知り合いか？」

「覚えがないが……まぁ本当の名前は別にあるのじゃろうな。儂らの名前は人族などには聞き取ることも口にすることも難しいらしいからのぉ」

「魔族領の大魔王城《まおう》近くに住んでるドラゴンだったんだが」

しばらく沈黙《ちんもく》があった。

記憶《きおく》の底でも浚《さら》っているのだろうかと思うロレンにしばらくして声の主が何かしら思いついたかのように弾《はず》んだ声が届く。

「魔族領のエメリー……おうおう、あやつか。心当たりがあるのぉ。なるほどあやつならば儂の住処《すみか》を知っておってもおかしくはないのぉ」

「そのドラゴンから、いきなり襲《おそ》い掛《か》かられたりしねぇようにって、力を付与してもらった物がここにある。あんたの言う力とやらの該当要素の一つってのがそれだ」

「なるほどのぉ。まぁ最後に顔を合わせたのはどれほど昔のことだったか覚えておらんし、その危惧《きぐ》は当然のものであったろうのぉ」

エンシェントドラゴンすら覚えていないほどの昔というのはいったいどれほど昔の話な

のか。

おそらく定命しか持っていない自分には、考えることすら困難なほどの昔なのだろうと考えるロレンの耳に、声の主は告げる。

「詳《くわ》しいところは顔を合わせてからということになるかのぉ。そろそろ儂の住処に到着するようじゃ。怖《こわ》いことなど何一つありはせんから、ゆっくり入ってくるといいのぉ」

言われてロレンは進行方向の先が行き止まりになっていることに気が付く。

それ以外に道はなく、グーラが真っ先に行き止まりの壁に近づいて手をかざしながら調べ始めた。

「これも魔術《まじゅつ》で塞《ふさ》いであるようやな」

「この先にいる奴が俺達《おれたち》を呼んだんだから、あっちで開けてくれんだろ」

開けてくれるんだろうなという意味合いを込めて、ロレンがグーラにそう言うと、その言葉を待っていたかのように行き止まりの壁が溶けるようにその形を失っていき、塞がれていた入口が姿を現す。

「大した力だの。私の目をもってしても兆《きざ》しが捉《とら》えられなかった」

感心したようなディアの言葉を聞きながらロレン達は開いた入口を潜《くぐ》ってその向こう側へと足を踏み入《い》れる。

入口を潜った向こう側は広いホールのような空間になっていて、天井《てんじょう》からは白く柔《やわ》らかな光が降り注いでおり、空間全体を照らし出していた。

壁際《かべぎわ》には様々な金銀財宝が堆《うずたか》く積み上げられており、天井から降り注ぐ光を反射してきらきらと輝いている。

その光景に目を奪《うば》われかけたロレン達であったのだが、すぐにその視線はホールの中央部分にいる一頭のドラゴンへと注がれ、全員の顔が驚きに彩《いろど》られた。

「よく来られた、と言うべきじゃろうのぉ。儂こそがこの地に住まうエンシェントドラゴン。名は……そうじゃな、コンインと呼ぶといい」

そう名乗ったドラゴンは口《くち》の端《はし》をわずかに歪《ゆが》め、笑ってみせたのであった。


その空間に足を踏み入れたとき、ロレンは一つ不思議に思ったことがあった。

半円形のドームのような形をしているその空間にはロレンが見る限り、自分達が入ってきた入口以外には出られるような場所が見当たらなかったからだ。

以前に出会ったエンシェントドラゴンは非常に大きな体をしており、その住処には当然、そんな巨体《きょたい》が出入りするための大きな口があったのである。

だというのに、この空間にそれらしきものはなく、一体中に住んでいるドラゴンはどうやってここと外を行き来しているのだろうか、というのがロレンが感じた疑問であったのだが、それはドラゴンの姿を見てあっさりと解決した。

「儂の姿に何かおかしなところがあるかのぉ？」

全員の視線が注がれる中で首を傾《かし》げたドラゴンの体は、ロレン達が想像していたよりもずっと小さかったのである。

それはエンシェントドラゴンという言葉を抜きにしてただのドラゴンとして考えた場合でもかなり小さく、空間の中央にちょこんと、まるで犬か何かのように座《すわ》るその姿は、せいぜい仔馬《こうま》程度の大きさしかなかったのだ。

なるほどこの大きさであるならば、自分達が通ってきた洞窟を歩いて抜けて、外と行き来することが可能であろうとは思う大きさなのだが、これがあのエンシェントドラゴンですと言われてもにわかには納得しかねる大きさでもあった。

「ちっちゃい」

その印象を受けたのはロレンだけではなく、ラピス達もまた同じ思いを抱いたらしい。

思わずといった感じで呟いたラピスの言葉にロレンは自分よりも低い目線でこちらを見ているそのドラゴンを観察してみる。

姿に関しては、ドラゴンと言われて想像する恰好《かっこう》そのままだった。

少しばかり光《ひか》り輝いているのではないかと思わせるほどの純白の体は汚れ一つ付いてはおらず、手足や爪《つめ》、牙《きば》といった各部位もしっかり立派な形をしている。

しかし、やはり随分と小さい。

魔族領で出会ったエンシェントドラゴンをそのまま小さく縮め、色を抜いたようなドラゴンと考えればぴたりと表現が当てはまるだろうかと考えるロレンへ、全員からじっと見つめられ続けていたドラゴンが、その尻尾《しっぽ》でぴたぴたと床《ゆか》を叩《たた》いた。

「見惚《みと》れておるのかのぉ、いやはや照れるのぉ」

「あんまりちっちゃすぎて驚いとるのやんか」

あまりに正直な感想をグーラが口にすれば、コンインと名乗ったドラゴンは不思議そうにグーラを見上げる。

「小さいと何か問題があるのかのぉ」

「以前お会いしたエンシェントドラゴンとあまりに違《ちが》いすぎまして」

魔族領で出会ったエンシェントドラゴンは非常に大きな個体であった。

そのイメージが残っているロレン達からしてみると今回出会った個体はあまりに小さすぎ、これが目的のエンシェントドラゴンなのだと言われても今一つ納得《なっとく》することができないでいる。

「儂はここに隠れ住《す》んでおったからのぉ」

目を細め、何かを思い出すようにしてコンインが言う。

「あまり図体《ずうたい》が大きくては隠れるのに不都合であろう？　食事とて体に見合った分を食わねば飢《う》えてしまうだろうしのぉ。この体ならばそれほど大量の食事は必要ではないから、都合がよかったんじゃ」

「なんでまた隠れてたんだ？　あんたくらいに強大な存在なら、別に逃《に》げ隠れする必要なんてなかっただろうが」

エンシェントドラゴンは世界有数の強力な存在だ、というのがロレンの認識《にんしき》である。

それは軍をもってあたったとしても対抗《たいこう》し得ない存在であり、そのように強力な個体がわざわざその存在を隠して生活しているという話が理解できない。

もしも下手に刺激《しげき》しようとするものがあるならば、ねじ伏《ふ》せられるだけの力を持っているのではないか、と思ってしまうのだ。

「儂、平和主義者だからのぉ」

飄々《ひょうひょう》と言ってのけたコンインであったのだが、その視線が一瞬《いっしゅん》泳いだのをロレンの目は見逃《みのが》さなかった。

そんなものがなくとも、自分で平和主義者だと称《しょう》する者が本当に平和主義者であった例《ため》しなどないだろうと思うロレンが、黙《だま》ったままじっとコンインを見ていると、しばらくしてから付け加えるように小さく呟《つぶや》く。

「実は、遥《はる》か昔に王国の者共に酷《ひど》い傷を負わされてのぉ。その回復をしておったというのと、外は怖いからと引きこもりを……」

「ヌーナ魔術王国ってやつか」

「あやつらは怖いのぉ。儂らドラゴンを素材としてしか見てなかったんだからのぉ」

ドラゴンの体は、それこそ捨てるところがないくらいに活用できる素材の宝庫であるといっても過言ではない。

鱗《うろこ》や爪、牙などは言うに及《およ》ばず、骨や内臓に関しても余すところなく使うことができる。

血肉ともなれば、薬の原料にもなる上に、食べても非常に美味らしい。

「ドラゴンステーキと言えば、古代王国の王族が好んで食べた料理だという文献《ぶんけん》が残っているくらい、古代王国はドラゴンを狩《か》ってたみたいです」

豆知識を披露《ひろう》するようにラピスがロレンへと言えば、うんうんとコンインが頷《うなず》く。

「そうだとして、このドラゴン。食うとこあるか？」

エメリーほどに巨大《きょだい》なドラゴンであるならば、確かにとれる素材や肉の量は相当なものになるはずであるが、目の前にいるコンインは非常に小さい。

苦労して倒《たお》してみたところでいくらも食べるところがないのではないか、と思うロレンへコンインはどこか嫌《いや》そうな雰囲気を漂《ただよ》わせながら答えた。

「儂も三百年ほど前までは、巨大なドラゴンであったんじゃよ」

コンイン曰《いわ》く、そんな巨大なドラゴンでも古代王国が差し向けた戦力相手では、どうにかそれを撃退《げきたい》するだけで精一杯《せいいっぱい》だったらしい。

そして深手を負ったコンインは今ロレン達がいる火笛山の中に住居を作るとそこで傷を癒《いや》すために長い年月、隠れ住むようになったのだと言う。

「体を小さくしてしまえば、傷を治す力も少なくて済むしのぉ」

「ドラゴン、ちょっと可哀想《かわいそう》」

「おぉ、分かってくれるかのぉ」

身の上話をするコンインに同情したのか、ニムがそんなことを言えば、コンインはとことことニムの近くまで歩み寄ると、甘《あま》えるかのようにその胸元《むなもと》に頭を擦《こす》りつける。

ドラゴンに甘えられるという体験に、一度は顔を引き攣《つ》らせたニムだったのだが、コンインが力を加減しているせいなのか本当に仔馬《こうま》に甘えられているような雰囲気であることを理解すると、優《やさ》しげにその首筋を撫《な》でてやり始めた。

しばらくそうしていたコンインだったのだが、やがてニムから体を離《はな》し、またとことこと空間の中央部まで戻《もど》るとぼそりと小さく呟いた。

「今一つじゃのぉ」

「ロレン、あのドラゴン、射殺していい？」

「やめとけ。どうせあの骨矢じゃドラゴンの鱗は貫通《かんつう》できねぇだろ」

声に温度があるならば、神話に謳《うた》われる悪行を働いた者が死後落とされるという地獄《じごく》の一つである凍結《とうけつ》地獄もかくやと思うほどに冷たいニムの言葉に、ロレンは苦笑いしながら弓を構えようとするニムの行動を止めた。

もしかすれば今のニムならば、ドラゴンの鱗も射抜《いぬ》いてしまうのではないか、という思いがないわけではなかったが、ロレンとしてはこのドラゴンから引き出したい情報がある以上はニムに射殺させるわけにもいかない。

「まぁ今一つな感触《かんしょく》じゃったが、そこなエルフの娘《むすめ》と、あの術式陣《じん》を壊《こわ》してくれた礼はしようぞ。あれのおかげで儂は外に出られんかったのじゃからのぉ」

「あの陣、そないに強力やったんか？」

グーラの見立てでは、おそらくノエルが作ったのであろうあの陣は色欲の権能を行使し続けているだけの代物《しろもの》で、エンシェントドラゴンの行動を阻害《そがい》するような代物ではないはずであった。

しかし当のドラゴンが、あれのせいで外に出られなかったというのだから、もしかするとグーラですら理解できない何かがあったのかもしれない。

そう考えるとノエルの実力というものは相当なものなのかもしれず、ここであの陣について確認《かくにん》しておくことは必要なことであった。

「いや、あの陣自体は妙な匂《にお》いを撒《ま》き散《ち》らすだけのものじゃったんじゃがのぉ。それに釣《つ》られてやってくるオーク共が問題でのぉ」

「エンシェントドラゴンがオークを問題にするのか？」

ゴブリンほど低級とは言わないまでも、オークとは個体として見るのであればそれほど強力な存在ではない。

数が集まれば侮《あなど》れない存在となりはするが、いくらなんでもエンシェントドラゴンが恐れるような相手ではないはずだった。

「あいつら臭いしのぉ。しかもあの陣の影響《えいきよう》下にあるオーク共は見境がなくなってしもうてのぉ」

「どういうこった？」

「普通のオーク共は雌《めす》しか襲わんのだが……あのオーク共は……」

「あぁ、もういい。それ以上は聞きたくねぇわ」

聞けば絶対に後悔《こうかい》するであろう何かの雰囲気《ふんいき》を感じて、ロレンはコンインの言葉を途中《とちゅう》で遮《さえぎ》り、しゃべるのを止めさせた。

「あんた、雄《おす》だよな？」

ニムの胸元に頭を擦りつけ、いまいちだったなどとほざいた以上は雌ではないだろうとロレンは見当をつけていた。

これで雌だった場合は、いろいろと考えたくなることが出てきてしまうのだが、そんなロレンの心配は無駄《むだ》になる。

「そうじゃのぉ。まさか雄の身でオークに怯《おび》えることになるとは思わんかったのぉ」

もしかすると、一度オーク達の住処を抜《ぬ》けてみようとしたことがあったのか、コンインが遠い目をしながら声を震わせた。

そんなコンインの様子を見ながら、ロレンはここにいたオーク達を全滅《ぜんめつ》させたことと、ノエルが作ったのであろうあの術式陣を破壊したことは、いいことであったに違いないという確信を抱く。

「お礼をしてくれる、と言うのでしたら是非《ぜひ》にお願いしたいことがあるんです」

「おぉ、何かのぉ。儂にできることならば、大概《たいがい》のことは引き受けよう」

少しばかり安請《やすう》け合《あ》いが過ぎるのではないかとロレンが思うくらいの気軽さで、コンインはラピスの言葉に頷いてみせた。

もっとも自分にできることならば、という前置きをしている以上はそうそう安請け合いとも言えないのかとロレンが思っていると、ラピスは自分達がここへ来た理由をコンインへ打ち明ける。

マグナの話やその行動、そしてその先手を取るためにコンインからの情報が欲《ほ》しいという話を大人しく聞いていたコンインは、ラピスが話し終えると低く唸《うな》り声《ごえ》を上げた。

「なるほどのぉ。それで奴《やつ》らはここへ来たのかもしれんのぉ」

「奴らがここに来たってのか？」

既《すで》に先手を打たれていたのかと驚くロレンへコンインは首を横に振《ふ》る。

「そなたらの言う者達かどうかは分からんのぉ。ただ、あの術式陣ができたときにここの入り口を開けようとした者がおったわ。人の住処の通路におかしな術式陣を作りおってと不機嫌《ふきげん》だったので、入り口を開いてはやらんかったのだが、おそらくそやつらだったのだろうのぉ」

「つうことは、そいつらとは会ってねぇのか」

「顔も見ておらんし、言葉も交《か》わしてはおらんの」

それはいい情報だとロレンは思う。

少なくともこのエンシェントドラゴンが持っている情報に関しては、自分達がマグナより先に手を打てるということが分かったからだ。

「さて、そなたらが古代王国と呼んでおる、ヌーナ魔術王国の遺跡《いせき》や遺物についての話だったのぉ。それならば、とっておきを一つ、儂は知っておる。儂が知りおく物の中でもおそらく最も強力な遺物に関する情報じゃ。それをそなたらに教えてやろう」

どこか生徒に物を教える教師のような雰囲気を醸《かも》し出しながら、コンインと名乗ったエンシェントドラゴンは少しばかり得意げに体をそらし、胸を張ってみせたのであった。


エンシェントドラゴンがわざわざとっておきと評するほどの品物である。

さぞかしとんでもない品物なのだろうと思ってしまうロレンなのだが、ここでふと疑問が一つ湧《わ》きあがった。

ドラゴンとは財宝を集める習性がある存在である。

それは金銀宝石といったものに加えて強力な魔術が付与された道具というのも含まれているはずであり、コンインがとっておきと言うほどの品物であるならば、今現在ロレン達がいる空間の壁際に積まれていている財宝の中に入っていてもおかしくはないはずなのだ。

「まさかそこの財宝の中にあるとか言わねぇよな」

もしそうならばそれは既に古代王国の遺産ではなく、ドラゴンの財宝である。

お礼がしたいと言っているコンインではあるのだが、自分の財宝を手放すほどにそう思っているかどうかについては、傍《はた》から見ても分かるわけがない。

「いや、ここにはないのぉ。儂は自分で使えない道具には興味がなくてのぉ」

そう言われてロレンは壁際に積まれている財宝へと目をやる。

そこには財貨や宝石の他に、おそらくは宝剣《ほうけん》や魔剣《まけん》の類《たぐい》なのであろう武器もいくらか突《つ》き刺《さ》さっており、今のコンインの言葉とは矛盾《むじゅん》しているように思われた。

そこを突っ込もうかと口を開きかけたロレンだったのだが、コンインがそれよりさきに壁際へと歩み寄り、そこに突き刺さっていた剣のうちの一本の柄《つか》を咥《くわ》えるとぶんぶんと首を振り始めたのを見て口を閉じる。

いちおう、そういう方法で使えるのだ、と言いたいらしい。

それを踏《ふ》まえて財宝の山を見直してみると、確かに盾《たて》や剣の類は混じっており、おそらくは口に咥えて使えるからという理由で集めたらしいことが分かる。

もっともロレンには、大概の剣より強固な鱗と、大概の剣より鋭利《えいり》な牙を持っているはずのドラゴンがわざわざ口に咥えてまで盾や剣を何のために使おうというのか全く分からない。

「コンインさんに使えない魔術道具というと、いったい何なのですか？」

「鎧《よろい》じゃのぉ。人用の鎧は流石《さすが》に着られんからのぉ」

壁際から戻ってきたコンインがラピスの質問に答える。

体の構造が全く違う以上、確かにドラゴンの体では人用の鎧を着ることはできない。

兜《かぶと》くらいならなんとかなるのではないか、とも思われたのだが一つのセットになっているものをわざわざばらしてまで自分の物にする気はコンインにはなかったらしい。

「魔術王国の技術の粋《すい》を集めて作られたというとてつもない逸品《いっぴん》が、儂の知っておる遺跡にあるんだのぉ」

「それはまた、迷惑《めいわく》な匂いがする代物であるの」

古代王国の遺産というものに、何かしら思うところでもあるのかディアが呟く。

強力な品物というものは、その強力さに比例して面倒《めんどう》事を引き寄せるということについてはロレンとしても異論を唱えるものではなかった。

誰もが欲しがる物はえてしてそういうものであるわけで、必要に迫《せま》られなければロレンとてあまり触《ふ》れたいものではない。

しかしながらそういった物を収集し、さらに面倒を増やしているマグナのような人物がいる以上は仕方がないかと諦《あきら》める。

「迷惑な代物かどうかは分からんのぉ。何せ実物を儂も見ておらんし」

「見てねぇのかよ」

あまりにもったいぶるものだから、ロレンはてっきりコンインが実物を確認しているものだとばかり思っていた。

しかし、コンイン自身が実物を見ていないとなると、途端《とたん》に実際本当にコンインがいう場所にそれがあるのかどうかという段階から怪《あや》しくなってくる。

「間違いなくあるとは思うんじゃのぉ。あると書いてあったしのぉ」

「書いてあった？」

「それが安置されておる遺跡の入り口に碑《ひ》が立っておっての。そこに書いてあるくらいじゃからあると思うんだがのぉ」

見ていないということを突っ込まれると弱いのか、コンインの口調に力がなくなってきていたのだが、ロレンとニムを除いた女性三人の顔が訝《いぶか》しげなものへと変化していく。

「遺跡に碑？　わざわざここに鎧がありますよと書いてあるんですか？」

「妙な話やんか。いったい何の遺跡やねん？」

「まさか鎧の安置のためだけに遺跡を？　いやそんな無駄なことなど……ありえるのかの？　ありえてしまうのかの？」

三人が何を訝しく思っているのかは、ロレンにはなんとなく分かった。

古代王国の遺跡というものには、必ず使用目的がある。

何の目的もなしに建物が作られているわけがなく、たとえばそれは研究施設《しせつ》であったり、古代王国の人間の居住施設であったり、倉庫であったりするわけだ。

だが、どんな施設を作れば入り口にわざわざ碑を立てて、中に鎧がありますという情報を掲《かか》げるようになるのかと考えれば、コンインの言う遺跡の存在自体がなにやら疑わしくなってくる。

「おじーちゃん、ボケたりしてへんよな？」

「失礼な奴じゃのぉ。目も頭もはっきりしておるわい」

「そらどうやろ？　えぇ加減長く生きてるんやろ？」

片方の眉《まゆ》だけを吊《つ》り上《あ》げて、馬鹿《ばか》にしたような言い方をするグーラに、憤慨《ふんがい》したように地団駄《じだんだ》踏《ふ》みながらコンインが抗議《こうぎ》する。

それをさらに言葉で煽《あお》るグーラにコンインの相手は任せておいて、ロレンはラピスやニム、ディアと円陣《えんじん》を作って相談を開始した。

「どう思う？」

「意味は分かりませんが、嘘《うそ》という線はないと思うんですよね」

意見を求めるロレンに応じたのはラピスだった。

「私達を嵌めたところでコンインさんに得があるとは思えませんし、オークの脅威《きょうい》を取り除いたという恩義も感じてくれているようですから、情報の確度はまぁまぁ高いかと」

「それを差し引いたとしても、どうにも納得のできない話ではあるの」

ディアがラピスの言葉を引き継《つ》ぐ。

「分かっているとは思うが、遺跡というのは必ず目的があるものだからの。鎧が置いてありますなどという遺跡は、私は聞いたことがない」

「それを踏まえた上で、リーダーに決めてもらうとするか？」

ロレンの言葉をきっかけに、三人の視線が集中する。

その先にいるのは、ニムであった。

「わ、私？」

「形式上とはいえ、このパーティのリーダーはニムさんですから」

「傭兵《ようへい》ってのは身内の上下関係にゃちっとばかり厳しいんだぜ」

「流れに乗ってみたのだがの。まさかこのエルフがリーダーだったとはの」

実際に、今回の依頼《いらい》を受けるためにパーティリーダーとして登録されているニムではあるのだが、まさかここでこの後の判断を任されるとは思っておらず、自分の方を見つめている三人の顔を困ったように見回した後、すがるような目つきでロレンを見る。

そんな目でニムに見られたロレンは、安心させるようにニムの肩《かた》に手を置いた。

「冗談《じょうだん》だ。ここで事態をぶん投げたりはしねぇよ。だが……」

一旦《いったん》言葉を切って、表情を引き締めてからロレンは自分の方を見つめているニムの目を見返しつつ、考えていたことを口にする。

「元々ニムは楽に金が欲しくて今回の仕事に参加したんだろ？　悪ぃがここから先は仕事とは関係のねぇ面倒な話になる。巻き込むわけにはいかねぇから、ここで引き返してくれていいぜ？　帰り道はディアに頼《たの》むからよ」

「面白《おもしろ》そうな話だというのに、私を除《の》け者《もの》にする気かの⁉」

詰め寄ろうとするディアに、ロレンはすまなそうに告げた。

「除け者ってんじゃねぇんだが、まさかニムだけ一人で帰すってわけにゃいかねぇだろ。ここから先は俺達のパーティだけで進むから、ニムと戻ってくれねぇか？」

白銀級冒険者《ぼうけんしゃ》としてニムはかなりの腕利《うでき》きではあるのだが、やはりたった一人でカッファまで帰ってくれというのは、ロレンとしては心苦しい上に、何かあっては問題であると心配にもなる。

そこにディアが護衛してくれれば、心配することなくコンインの言う遺跡に向かうことができるのだが、この提案にはディアが難色を示すだろうことも分かっていた。

だからこそ正直に頼み込むロレンに、ディアは頬《ほお》を膨《ふく》らませ顔一杯《いっぱい》に不満の色を表していたのだが、そこをなんとかとロレンが頭を下げると渋々《しぶしぶ》ながらその提案を了承《りょうしょう》する。

「ただ、それはそこのエルフが戻ると決めたらの話だからの」

「そりゃそうだ。そういうわけで、どうだニム？　もちろん金はきちんと払《はら》う。急ぎだってんなら、ラピスに立《た》て替《か》えてもらってここで払ってもいい」

「お貸ししますが、利子は十日で一割でお願いしますロレンさん」

「数えんのも嫌んなる借金背負ってる俺《おれ》に、この期《ご》に及んでまだ増やせってか？」

どこまで本気なのか、にこにこ笑いながらそんなことを言うラピスに肩を落としながら応じるロレン。

二人のやりとりを見ていたニムは、わずかに笑いながらロレンの提案に答えた。

「私も行く。ここで下りてはつまらない。そもそも書類上とはいえ火笛山の調査依頼は白銀級冒険者がいなければ成立しない依頼。ここで帰るわけにはいかない」

「危ねぇかもしれねぇんだぞ」

ロレンからしてみれば、ニムには悪いかもしれなかったが、ここで帰ってもらった方が助かる状況《じょうきょう》であった。

コンインの言う遺跡とやらがどの程度危険なものか分からないとしても、安全では決してなく、チャックとの結婚《けっこん》を目前にしているニムにもしものことがあれば、チャックに申し訳が立たないと思っている。

「心配してくれるロレンはいい子。私だけでなくチャックの心配もしてくれている。けれど私は冒険者。私が決めた行動の結果は、私が責任を取る」

「けどよ……」

なお言《い》い募《つの》ろうとするロレンであったが、ニムの決心は固いようで自分の意見を翻《ひるがえ》すような気配が見られない。

これはなんとしてもニムに無事で帰ってもらわなければと気を引き締めるロレンへ、ディアがここで帰らなくてよくなったということを、嬉《うれ》しそうに笑いながら言った。

「最悪、生前と変わらんアンデッドに仕立ててやるから心配する必要はないの」

「ロレン、この子……怖い」

「俺も怖ぇよ。しかもそいつ、結構本気で言ってやがるしな」

なるべくディアから距離《きょり》を取ろうとするニムを宥《なだ》めながら、ロレンは溜息《ためいき》と共にそう言った。

それはともかくとして、行動方針はこれで決まったことになり、ならばコンインから情報を引き出そうと、グーラが相手をしているはずのコンインの方をロレン達が見ると、何《な》故《ぜ》かグーラとコンインが取っ組み合いをしている。

いかに邪神《じゃしん》といえども、エンシェントドラゴンが相手ではひとたまりもないのではないかと思うロレンなのだが、グーラが善戦しているのか、それとも体が縮んでいるコンインが弱体化しているのか、定かではないものの戦いは中々均衡《きんこう》が取れたものになっていた。

「グーラ、話はまとまったからよ。そろそろ止めてくれていいぜ」

「もうちょい待ち！　あとちょっとでこのトカゲの息の根を……」

「舐《な》めるな小娘！　縮んだとはいえこの程度のことでっ！」

正面から首を絞《し》めるグーラの手から逃《のが》れようと、コンインがじたばたと暴れているのをロレンは無理やり引き剥《は》がして取っ組み合いを終わらせる。

ぜぇぜぇと喉《のど》を鳴らしながら、不足しかけていた呼吸を荒《あら》く行うコンインへ、ロレンはその背中をさすってやりながら、コンインが知るという遺跡への道を教えてくれるように頼み込む。

するとコンインは、ある程度息を整えてから、自分がロレン達を出迎《でむか》えたときにいた位置の床を前脚《まえあし》で何度か叩いてみせた。

「実は儂《わし》がここを住処にしたのには訳があってのぉ」

叩かれた床がぱかりと口を開くと、下りの螺旋《らせん》階段への入り口が見えた。

覗きこんでも底は見えず、ただかなり深い縦穴があることだけが分かる。

「ここを下っていけばその遺跡がある。一本道じゃ、迷うことはあるまい」

コンインが言うには、コンインがここに住処を構えたのは傷を癒すためという理由もありはしたのだが、その他に実はこの場所こそがコンインの言う遺跡へと至る唯一《ゆいいつ》の入り口であるから、という理由もあったらしい。

古代王国に痛手を負わされたコンインではあるのだが、そこは流石にドラゴンというべきなのか、魔術で徹底的《てっていてき》に隠匿《いんとく》、封印《ふういん》してしまえばいかに古代王国といえども容易に手が出せる場所ではなくなってしまったのである。

「早い話が、嫌がらせの一環《いっかん》というやつじゃのぉ」

ざまあみろとばかりに笑うコンインではあったのだが、それを聞いた全員が思わず心中に抱いてしまったのは、このエンシェントドラゴンの器の小ささについての呆《あき》れでしかなかったのであった。

コンインの器の小ささに呆れるロレン達《たち》ではあったのだが、いつまでも呆れているばかりではいられず、折角《せっかく》情報を貰《もら》ったのだからとコンインが開いてくれた下へと続く螺旋階段を下りることにした。

流石にコンインはついて来る気はないようで、念のために自分の住処の入り口を一旦塞《いったんふさ》ぎ、ロレン達が帰ってくるのを待つことにすると告げてくる。

「何度か挑戦《ちょうせん》はしてみたんだがのぉ。儂では到達《とうたつ》することができなんだ」

少しばかり悔《くや》しそうに語るコンインであったが、エンシェントドラゴンですら目的地に到達することができなかった遺跡と聞いて、ロレン達の間に緊張《きんちょう》が走る。

「よっぽどやばい遺跡なんじゃねぇのか？」

先頭に立って階段を下りるロレンがそう言うと、先ほどまでそのコンインと取っ組み合いをしていたグーラが首を捻《ひね》りながら応じる。

「どうやろなぁ。あのエンシェントドラゴン、小さくなったせいなんか知らんけど、素の力はそれほどでもないみたいやで。たぶん魔術特化なんと違うんかなぁ」

ドラゴンと一口に言っても、そのタイプは色々存在するのだとグーラは言う。

素の力だけで他者を圧倒《あっとう》する物理特化や、グーラがコンインがそうなのではないかと言った魔術特化。

あるいはそのどちらにも当てはまらない、人間で言うところの恩恵《おんけい》を持つクラースのようなタイプのドラゴンなども存在しているらしい。

「魔術特化なら、マグナさん達が手を出せなかったのも納得ですね」

コンインの住処の入り口は魔術により作り出された石壁《いしかべ》によって封鎖《ふうさ》されていた。

マグナやノエルの力を知っていれば、石壁くらい破壊《はかい》して中に入り込めるのではないかとロレンは思っていたのだが、どうやら魔術により封鎖されていたあの入り口は、単純な物理的方法では突破《とっぱ》することができず、魔術的《まじゅってき》に解除するには魔術特化であろうコンインの魔術の強度を上回る必要があるらしい。

エンシェントドラゴン以上の魔術強度など、そうそう出せるわけもなく、マグナ達はコンインの住処に手を出すことができなかった、というわけである。

「魔術特化なら、自己強化も強力ですからね。その気になられたらあんな風でもコンインさんって手がつけられないほど強力ですよ、きっと」

だから手を出しちゃだめですよとロレンに釘《くぎ》を刺してくるラピスなのだが、もともとロレンにはドラゴン相手にどうこうしようという気がない。

倒せれば確かにドラゴンスレイヤーという、大陸中で尊敬を集めるであろう称号《しょうごう》を手にすることができるらしいのだが、そんなものを手にしてしまえば集める尊敬以上にトラブルの種を招き寄せる未来しか見えず、ロレンからしてみればくれるといっても勘弁《かんべん》してほしい程度のものでしかなかった。

「それにしても、相当な深さだの」

ディアが進む先である螺旋階段の下を見ながらぼやく。

螺旋階段の内側は吹《ふ》き抜けになっている。

周囲の壁が古代王国の遺跡ではよく使われている魔力《まりょく》建材で作られているのか、ぼんやりとした光をはなっているので周囲くらいであるならば視界の確保には問題がないのだが、見下ろした先はあまりに遠すぎて、その程度の光では見通すことができない。

「下りは楽でいい。問題は上り」

ニムがうんざりしたように言うのも無理はなかった。

下り道が長いということは、逆に戻るときの上り道もまた長いということである。

下りに比べて上りの方がキツイというのも当然のことであり、しかも遺跡の探索《たんさく》を終えた後にそれをやらなければならないとなれば、いくら体力に自信がある者でも嫌気《いやけ》の差す話であり、線の細いエルフであるニムが嫌になるのも仕方がない。

「どこまで下るんやろこれ？　結構下がってる気がするんやけど。というか、古代王国の奴らも気が利《き》かんなぁ。こないな長い階段作るなら自動で上下できる装置くらい作っとけって言うんや」

なんでもかんでも魔術《まじゅつ》で解決するというのはあまり同意できないと思うロレンなのだが、今回に限《かぎ》ってはグーラのぼやきに同意したい気持ちであった。

それくらいに下りの階段は長かったのである。

螺旋階段であるので実際に下りている距離よりも歩く距離の方が長いのは当然なのだが、それにしたところで相当下ったと思ってみても、まだまだ先が続く。

足元の階段はただの石段であり、ぼんやりと光る壁には模様のようなものもなにもない。

代《か》わり映《ば》えのしない光景の中をただ下を見ながらひたすら下っていくと、時間の感覚が失われ、自分が何のために階段を下り、これからどこに行こうとしているのか、ということがなんだかぼんやりとしてきたような気がしてきて、ロレンは軽く頭をふって意識をはっきりさせようとする。

その背後ではニムが、壁に手をつきながら自分の体に起きている変化に戸《と》惑《まど》うような表情を浮《う》かべながら、わずかに足を震《ふる》わせていた。

「軽い精神汚染《おせん》系の罠《わな》が仕掛《しか》けられているの。気をしっかりと持て」

なんだそれはと思いながら一歩前へと踏み出《だ》そうとしたロレンは、足下《あしもと》が定まらずに前のめりに倒れかけ、近くにいたラピスに支えられてなんとか倒れることを防ぐ。

下りの階段で前のめりに倒れれば、転がり落ちていくしかなく、そんなことになればどれだけの怪我《けが》を負うことになるか分かったものではない。

その後ろではニムが壁を伝わりながらなんとか歩き出そうとしている背後に、突如《とつじょ》としてグーラが回りこみ、後ろから脇《わき》の下へ手をくぐらせるとニムの胸部へ両手を当てるという暴挙に出ていた。

思わず悲鳴を上げたニムであるが、グーラが背後にいることと、グーラの方が腕力《わんりょく》があることに加え、ニム自身がロレンと同様に意識が揺《ゆ》れている状態であり、グーラを振りほどくことができない。

その間に、たっぷりとニムの胸部に手を這《は》わせていたグーラだったのだが、しばらくするとグーラの方からニムを解放し、胸部を手で隠《かく》すようにして防御《ぼうぎょ》するニムの肩へ、グーラの手がやさしく置かれる。

「ニムちゃん、女は胸と違うで」

「ロレン、この子射殺していい?」

「やめとけ。おかげで頭がはっきりしたろ」

エルフの特徴《とくちょう》として肌《はだ》の色が白いせいなのか、額に浮かび上がる青筋がやたらはっきりと見える。

それくらいに怒《おこ》っているニムへ、ロレンは首を振ってみせた。

本当に射殺されても困るのだが、怒るという感情の激しい揺れ動《うご》きによって、ニムが感じていた精神への影響は払拭《ふっしょく》されたらしく、グーラに詰《つ》め寄《よ》りかけた足取りはいたずらをされる前よりはかなりしっかりとしたものに戻っている。

狙《ねら》ってやったのか、それとも偶然《ぐうぜん》そうなったのか、どちらにしてもグーラのおかげで精神に影響がある罠から抜けることができたのだから、怒ってもいいが射るのはやりすぎだろうとロレンは思う。

そういうロレンもニムが上げた悲鳴によってぼやけかけていた意識をはっきりとさせることができていたので、グーラを擁護《ようご》しなければと思っての言葉でもあった。

〈お兄さん。これに関してはお役に立てません。私の精神耐性《たいせい》を同調してもいいんですが……これアンデッド特有の能力なので、生きてるお兄さんに同調させるのは危険かもしれないので〉

シェーナの申し訳なさそうな声がロレンの耳に聞こえてきた。

アンデッドは基本的に精神へ影響のある何かに対しては高い抵抗力《ていこうりょく》を持っている。

ただしこれは影響されるほどの精神を持っていなかったり、最初から汚染されきっている精神しか持っていないというような理由から来る耐性であり、シェーナとしてはアンデッド最上位の〈死の王〉の精神耐性をロレンに同調させるのは抵抗《ていこう》があったらしい。

「地味にいやらしい罠ですね」

「何もない平原をひたすら馬車で走っていると御者《ぎょしゃ》が眠気《ねむけ》に襲《おそ》われたりするだろう？　あれを何百倍かに強化したような罠だの」

壁を軽く拳《こぶし》でこつこつと叩《たた》きながらディアが罠の説明を始めた。

「長い移動距離の中で、少しずつ浸透《しんとう》してくる毒のような罠だがの。気を強く持てば自力で回復するのは可能だが……駄目《だめ》なようなら私がなんとかしてやってもいいがの？」

「何をする気だよ」

支えてくれていたラピスに礼を言って、預けていた体を離しながら尋《たず》ねたロレンへ、ディアはにやりと笑うと壁を叩いていた拳を強く握《にぎ》り締《し》める。

「代わり映えのしない単調に続く光景にかけられた罠だからの。変化をつけるためにこの先所々、壊して進むというのはどうかの？」

「やめろ、崩《くず》れんだろ」

確かに罠の効力は失うかもしれない方法であるが、今度は帰り道に不安を抱《かか》えるような事態になりかねないディアの提案をロレンは即座《そくざ》に却下《きゃっか》した。

ついでに今自分達が歩いている場所はコンインの住処《すみか》の真下であり、ディアが何かを破《は》壊《かい》することでコンインにまで迷惑がかかりかねないとすれば、到底《とうてい》やらせるわけにはいかない方法である。

「俺は大丈夫《だいじょうぶ》だ。ニムだけ注意してやってくれ」

「私も平気。問題ない」

ここで問題があるといえば、ディアの破壊活動を許しかねない。

それはニムにもなんとなく分かったようで、軽く歯をくいしばりながらも平気そうな声を無理して出し、ディアは少し残念そうに壁を叩くのをやめた。

そこからさらに下がることしばし。

先頭を歩いていたロレンは下りの階段が視線の先で途切《とぎ》れているのに気が付き、長い階段が終わったことを悟《さと》る。

そこから先がどうなっているのかと視線で辿《たど》れば、平らな通路が一本続いているだけであり、他に見えるものはない。

「あれが遺跡やろかね？」

全員が階段を下りきると、グーラが伸《の》びている通路の先を指差した。

階段が終わった場所からいくらも離れていない場所に、両開きの金属扉《とびら》が見える。

その前には黒く表面が滑《なめ》らかな碑が設置されており、コンインが言っていた情報と合致《がっち》する光景がそこにあった。

ゆっくりと碑に近寄ってみるロレンなのだが、表面には確かに文字が彫《ほ》りこまれてはいるものの、なんと書いてあるかについては全く読めない。

「ここに御身《おんみ》を守る鎧を安置する。その守りが御身の助けとならんことを」

ロレンが読めないだろうことは最初から分かっていたのか、ディアがすぐにロレンの隣《となり》まで近寄ってくると、碑を一瞥《いちべつ》し、そう語った。

「本当に鎧があるみたいですね」

「この書き方で鎧やなかったら、余程《よほど》意地が悪い奴やって思うとこやのぉ」

「この扉は開いている」

入り口の扉をわずかに押《お》し開《あ》けて、ニムが言う。

おそらくは先に来たことがあるらしいコンインが、なんらかの方法で入り口の扉を開放していたのだと思われるが、それでもコンインは目的地まで到着《とうちゃく》できなかったと言っていた。

ならば問題は中にあるのかと、扉まで歩み寄ったロレンが扉を押し開ける。

「意外と狭《せま》いぞこの遺跡」

思わずといった感じでロレンが言った言葉に、ロレンの背後から女性陣《じょせいじん》が中を覗き込めば、ロレンが開いた扉からは真っ直《ます》ぐに通路が伸びていたのだが、いくらもしないうちにいかにもと言った感じに豪華《ごうか》な装飾《そうしょく》が表面に施《ほどこ》された金色の扉が待っていたのだ。

「あの扉に何かあるんですかね？」

「さぁな。見てみりゃ分かるんじゃねぇか？」

真っ直ぐ続く通路に罠はなさそうだとロレンは判断する。

仮にあったとしても、おそらくは先に来ていたコンインが解除しているはずであり、危険はないだろうと思われた。

「ほな、近寄って調べてみよか？」

グーラに言われるまでもなく、入り口の扉を潜《くぐ》ったロレン達はいくらも進むことなく突き当《あ》たった金色の扉をゆっくりと調べ始めるのであった。

第六章　質問から決着する

「なんつうか、悪趣味《あくしゅみ》やねぇ」

グーラがそんな感想を口にするのも無理はなかった。

ロレン達の目の前に姿を現した扉は、上から下まで金色に輝《かがや》いており、周囲の乏《とぼ》しい明かりの中でも目を射るほどにきらきらと輝いているのである。

「これ、総身が金じゃねぇだろうな?」

いくら古代王国の遺跡とはいえ、ロレン達の目の前にある扉は両開きのかなり大きな代《しろ》物《もの》であり、これの総身を金で作ろうと考えたのなら相当な量の金塊《きんかい》が必要になる。

当然そんなものを作るための資金も莫大《ばくだい》なものになり、ロレンとしてはせいぜいが表面に薄《うす》く金箔《きんぱく》を貼《は》ってあるだけの代物だろうと考えていた。

「総身金だと思いますよ」

そんなロレンの思いをラピスがあっさり裏切った。

言われても信じられないとロレンが目を見張れば、ラピスは目の前の扉を軽く拳で何度か叩いてみせる。

「なんらかの術式でコーティングされてはいますけれど、これたぶん芯《しん》まで金です。とてつもない値打ちがありますが、外して持っていくわけにもいかないですからね」

「正気か？」

鎧を安置するだけの遺跡の、内側の扉二枚を総身金で作るという発想がロレンには理解不能であった。

それだけ古代王国という国が強大であったということなのかもしれないが、何らかの意味がそこにあるようにはまるで思えなかったのである。

「権力者がむやみやたらと金を使いたがるというのは、古今東西変わらない人間の性《さが》みたいなものですからね」

ロレンの驚《おどろ》きに対してラピスはさして驚いた様子もなく扉を見ている。

扉自体を調査しているのは、ディアとグーラにラピスといった三人であったのだが、しばらくあぁでもないこうでもないと扉の前でなにやら話し立っていたこの三人は、やがてほとんど同時に深々と溜息を吐《つ》いた。

何か分かったのだろうかと、見守るロレンやニムの前で、一人ラピスが向き直るとそれまで調べていた結果について短く答えを出す。

「駄目です。これ開けません」

「そりゃまた、驚きだな」

エンシェントドラゴンであるコンインが目的地に到着できなかった、といっていたことからしてなんとなく予想はしていたロレンなのだが、改めてラピスの口からその事実を告げられると驚きを隠すことができなかった。

「これあかんわ。どないしても扉を封鎖しとる術式が解除できん」

「私も魔術についてはかなり自信があったのだがの。ここまで強固な術式というのは初めて目にする。これは開け方を知らなければどうやっても開かないタイプの封鎖方法だの」

ディアの言葉にロレンとニムが首を傾《かし》げる。

内容的に理解できなかったのかとラピスが追加で説明をいれた。

「この扉は何らかの術式によって封鎖されています。普通《ふつう》ならその術式を解除してやればいいのですが、ここで使われている術式は解除できないんです」

「施錠《せじょう》できたのに開錠できない錠前、というのは矛盾してるやろ？　そういう矛盾は本来ならいかに魔術といえども成立せぇへんのや」

「その矛盾を成立させるために必要とされるものがあるんだがの」

「そりゃ……もしかして鍵《かぎ》か？」

三人の説明を受ける形でロレンが答えを口にすれば、三人が三様に頷《うなず》いてみせる。

「鍵さえあればあっさり開く錠前なんですよ」

「逆に鍵がなきゃ破壊も分解もでけん錠前ってわけやな」

「余程のものが入っておるんかの。説明するのは簡単だが、構築するのは難しい術式であるはずなんだがの」

自分達の力をもってしても、通用しない術式を前にしてラピス達が悔しそうな顔をする。

特にディアは、神祖たる自分の力が通じないという事実に、悔しさに不機嫌《ふきげん》さを上乗せしたようなかなり険しい顔になっていた。

その辺りはやはり、自信があった技術分野で負けたという気持ちでもあるのだろうかと思いながら、ロレンは比較的《ひかくてき》話しかけやすそうなラピスに尋ねる。

「それでその鍵ってのは?」

「単純です。単純だからこそ他がやたらと強固である、という言い方ができるんですが……鍵は単純な言葉ですよ」

そう言うとラピスは扉の一部に刻まれている文字のようなものを指差す。

どこの言葉で書いてある代物なのかロレンには全く読めず、ニムの方を見てみればニムもすぐに無理だとばかりに首を振《ふ》るその文字を、ラピス達は読めるらしい。

「ここには、汝《なんじ》、問いに対する答えを述べよって書いてあります」

「その答えってのが鍵ってわけか」

「ええ。ですがこんな問い、答えられるわけがありません」

処置なしとばかりに頭を振るラピスに、ロレンはどのような問いがされているのか興味が湧《わ》いた。

何せそこにいるのは神祖と邪神に魔族《まぞく》である。

この大陸でも強力な存在として知られている三つの存在が寄り集まって考えて、答えが出ない問いだというのだ。

さぞかし難解な質問が書いてあるに違《ちが》いないと思うロレンへ、ラピスは何故か困ったような表情になりながら、扉に書いてある問いを読み上げる。

「汝、かの存在の名を答えよ。其は男であり、其は女であり、其は老いていて若い。その背丈《せたけ》は山よりも高く、その声は蚊《か》の羽ばたきより小さい。遠くに在りて目を離《はな》せず、近くに在りて目に映らず。見上げればその頭は汝の目線より低く、見下ろせばその頭は汝の遥《はる》か頭上にある。その存在とは何ぞ」

「そんなもの、聞いたことがない」

ラピスの言葉を聞き終えて、ニムが正直な感想を口にする。

「私だって聞いたことはありません。大体、問いかけの中に矛盾《むじゅん》がありすぎです。こんな矛盾だらけの存在が、この世にいるなんて聞いたことがありません」

「相反する要素が並べられているところに意味があるのかの。しかし……手がかりがまるでない状態でこの問いに答えろと言われてもの」

問いに答えることができさえすれば、目の前の扉を開くことができるわけでディアとしては術式を分解することができなかった手前、どうしても正規の手段で扉を開き、これを作った者達の鼻をあかしてやりたいと思うところであった。

しかしながらそこにある問いかけは、あまりに意味不明な文章すぎて、ディアといえども思い当たる節がまるでない。

「答えがない、ということが答えになるのかの？」

「ほんなら、我は答える、そんなもんはこの世にあらへん！」

言った途端にグーラの体が真後ろへと吹っ飛《と》んだ。

あまりに唐突《とうとつ》に、しかも勢いよく吹っ飛んだせいでロレン達は反応が一瞬《いっしゅん》遅《おく》れてしまう。

慌《あわ》てて振り返《かえ》りつつグーラが吹っ飛んでいった方向を見れば、いつの間にやら閉まっていた遺跡《いせき》の入り口の扉に、グーラが大の字になって張り付いているという光景が目に飛び込んでくる。

結構な勢いで叩きつけられたのか、しばらく扉に張り付いていたグーラはやがてその体勢のまま扉から剥がれ落《お》ちて床《ゆか》へと倒《たお》れていった。

「間違《まちが》った解答をすると、ペナルティが発生する、と。厄介《やっかい》ですね、これは」

「入り口の扉、よく見ると術式で強化してあるんだの」

何かが飛んできて叩きつけられたとしても、その衝撃《しょうげき》に耐《た》えうるようにするために入り口の扉を強化してあるのだとすれば、よほど内側の扉にかけられた錠前に自信があるらしいとラピスは苦々しく考えた。

遺跡の入り口の扉に、この手の罠がかけられていなかったのはおそらく、内側の扉でこの罠に引っかかり、弾《はじ》き飛ばすことにより侵入者《しんにゅうしゃ》を確実に仕留める気なのだ。

「試《ため》してみるかの。我は答える、その問いには解なし」

言った途端にディアの体が後方へと弾き飛ばされた。

いかにディアが神祖だといっても、その小さな体が勢いよく入り口の扉へと叩きつけられでもすれば、大怪我《おおけが》をしてしまうのではないか、と思ってしまうのは仕方のないことで、ニムが小さく悲鳴を上げかけたのだが、それより先に動いたロレンが弾き飛ばされたディアの体を自分の体で受け止める。

勢いを殺しきれなかったせいか、数歩後方へと下がってしまうロレンではあったのだが、ディアの体が小さく軽かったこともあって、受け止められたディアも受け止めたロレンもさして怪我などを負うこともなかった。

「ロレンさん、それ私が飛んだときにもやってくれます？」

「いやぁすまないの。ロレンが受け止めてくれるとは思ってなかったの」

ディアの体はロレンに比べればかなり小さい。

その体は抱《だ》きとめたロレンの腕《うで》の中にすっぽりと納まってしまうほどだ。

間違った答えを口にしたということを誤魔化《ごまか》すかのように、照れくさそうに頭をかきながらロレンの腕の中から床へと降り立ったディアは、顔にやる気を満《み》ち溢《あふ》れさせつつ自分も何か答えを言おうとしていたラピスを背後から突《つ》いて止める。

「止めておくことだの。ロレンに怪我をさせることになるぞ」

「私はそんなに重くないです」

「重さは知らんがの。この私ですら結構な衝撃をロレンに与《あた》えるほどの勢いで吹っ飛ばされたのだぞ？　私より体の大きなラピスが同じ勢いで吹っ飛ばされたら、ロレンが受ける衝撃は私の比ではないのではないかの？」

ロレンとしてはラピスが吹っ飛んでくるならば、当然受け止める気ではいた。

しかし、ディアを受け止めたときに防具として使っているジャケット越《ご》しに感じた衝撃

は結構強力なものであり、ディアよりも体の大きなラピスが同じ勢いで吹っ飛んできた場合、果たして受け止めきれるかどうかは自信がなかったのである。

そんなロレンの考えを見越《みこ》した上でディアはラピスの行動を止めたのであるが、ラピスからしてみれば理解はできるもののかなり不満な話であったらしい。

「ディアさんだけズルくないですか？」

恨《うら》めしそうにディアを睨《にら》むラピスに、ディアは平然とした顔で応じる。

「私はグーラのように、あっちの扉に叩きつけられることを覚悟《かくご》の上だったからの。最初からロレンが受け止めてくれるとは思っておらんかった」

「ロレンはいい子だから。危ないと思ったら体を張ってくれる」

「うち、普通に弾き飛ばされて受け止めてもらえんかったんやけど？」

ずるずると這いずりながら戻《もど》ってきたグーラの言葉にロレンは悪いことをしたとでも言うような感じで軽く頭を下げる。

「悪ぃな。あんまり勢いよく飛んでったもんで、反応できなかったんだ」

ディアを受け止められたのは、グーラが吹っ飛んだせいであったのだが、グーラからしてみればやはりそれは面白くない話であった。

「こうなりゃ意地でも答えを見つけてこの扉開いたらな、腹の虫がおさまらんわ」

「そうは言っても、あの問いですよ？」

「他の神祖の協力を仰《あお》ぐか……いやしかし、デメリットが大きいかの……」

「部族の長老に知恵《ちえ》を借りようにも、私の故郷は遠い」

女性陣が膝《ひざ》をつき合わせて、どうにか答えを導き出す方法がないものかと考え込む中、ロレンは金色の扉の方をなんとなく眺《なが》めつつ、一つラピスに確認《かくにん》しておこうかとゆっくり口を開くのであった。


「なぁラピス、ちょぃと物を尋ねてぇんだがな」

「大丈夫ですよロレンさん、ここには結構な頭脳が集結しているんです。時間はかかるかもしれませんがちゃんと答えを導き出してみせますから」

ロレンが何か心配しているとでも思ったのか、ラピスはロレンを安心させるかのように優《やさ》しい声音《こわね》でそんなことを言った。

聞きたいこととはかなり違っていたのだが、もう少し考えてみたいという意志の表れなのだろうかと考えて、ロレンは口を閉ざす。

その間にもグーラとディアの間で色々な議論が繰《く》り広《ひろ》げられていたのだが、どうにも実のある結論に到達できるような気配は感じられない。

「魔術的に様々なもんを内包する存在のことをなんて言うんやったっけ？」

「〈混沌《ケイオス》〉のことかの？　それが答えだとしたら、エンシェントドラゴンがそこに到達していないわけがないの」

「ほんならどこぞの宗教だか錬金術《れんきんじゅつ》だかの……」

「全即一、一即全のことかの？　あれはものの考え方であって何者かという問いへの答えにはならないと思うがの。根源者とか超越者《ちょうえつしゃ》というのも、答えとしてはちょっと首を捻ってしまうの」

グーラとディアの会話は、ロレンには半分も分からない代物であったのだがただ一つ確実にいえるのは、この場においての答えではないということであった。

それをロレンが確信している理由はといえば、非常に単純な理由である。

「なぁ、俺その謎《なぞ》かけの答え、知ってんだが」

このまま延々と議論を続けてもらっても、どうやら答えに到達することはなさそうだと判断したロレンが口を開くと、それまで一生懸命《いっしょうけんめい》考え込んでいたラピスやグーラ、ディアの動きがぴたりと止まった。

そんなに驚くことだろうかと思うロレンなのだが、そのロレンがかけた言葉は三人にとっては非常に衝撃的《しょうげきてき》であったらしく、三人が三人ともロレンの言葉を全く信じていないような顔でロレンを見る。

「本当、ですか？　もし本当なら教えて欲《ほ》しいなって思うのですが」

「いいぜ？　我は答える、其は幻獣《げんじゅう》クァダセドロフィギィエジエルプ」

「は？」

ロレンが発した言葉に、ラピスの顔から表情が抜《ぬ》け落ちた。

いったいこの人は唐突に何を言いだすのだろうか、と思っているのが如実《にょじつ》に分かる顔でロレンを見るラピスはまだましな反応で、グーラとディアはロレンが言葉を発した途端《とたん》に小さくではあるが失笑《しっしょう》するという反応を見せている。

彼女達《かのじょたち》からしてみればロレンが口にした言葉はでたらめもいいところであった。

もちろんそんな幻獣は世界広しといえども、これまでに確認されているわけはないし、実在しているとも思えない。

まるで子供が遊びの中で、自分の考えた空想上の存在を高らかに宣言したようなものではないか、と思う三人であったのだが、その表情は金色の扉がまるで内側から誰《だれ》かに押されたかのようにゆっくりと開きだす光景を見て、青を通《とお》り越《こ》して死人のように白い顔色を晒《さら》すことになった。

「うそですよねー……」

「俺《おれ》としちゃ、なんでラピス達がこれを知らねぇのか不思議なんだがな。餓鬼《がき》の頃《ころ》にうちの団長が話してくれたお伽噺《とぎばなし》に出てくる幻獣でな。主人公が道に迷うと出てきて、正しい道を示してくれるんだぜ」

「そんなお話、聞いたことないですよ⁉」

「うちも聞いたことあらへんわ……」

「これは……あぁそういうことかの。それは分からないのが道理だの」

いち早く立ち直ったディアが、こめかみの辺りをとんとんと人差し指で叩きながら何事か呟《つぶや》いていたのだが、しばらくしてからやっと納得《なっとく》がいったのか鼻を鳴らして腕を組む。

その幻獣の話を誰でも知っているものだと思っていたロレンは何を神祖が納得したのか分からなかったのだが、事情を理解しきれていないラピスとグーラが食いついた。

「一人で納得してないで、説明してくださいよ」

「せや。このままやと何があっても気持ち悪いまんまやないか」

「難しい話ではないの。我々は扉に刻まれた文字を謎かけだと思っておったのだが、これは謎かけではないということだの。錠前を開く鍵となる言葉ではなく単に設定されていたパスワードを要求しておっただけなんだの」

謎かけとは、問題文から答えを考えることができるものである。

だがここで要求されていたのは問題文の答えによって扉《とびら》を開くキーワードではなく、最初から設定されていたパスワードだったということだった。

つまり扉に刻まれている問題文は誰かに解かせるためのものではなく、こう尋ねられたときにはこう答えなさいというだけのパスワードを要求する文章だったのである。

これはパスワードを知らなければ解けない錠前であり、いくら問題文に対して頭を捻ってみたところで永遠に解けない代物だったのだ。

「ロレンが口にした幻獣の名前は、特に意味のない言葉の羅列《られつ》なんだの。だがそれをパスワードとして考えてみれば、そこに意味など必要ない。この扉に設定されている開錠用のパスワードと合致すればいいだけなんだからの」

「そんなんありかいな⁉　つうか、そのパスワードを知っとるロレンのとこの団長って何者やねんな？」

「そう言われても分からねぇなぁ。俺は団長からは誰でも知ってるお伽噺だって言われて聞いてただけだしよ」

「そないにわけの分からん上に長い名前の登場人物が出てくる話が、よくあるお伽噺なわけないやんか！」

「んなこと言われてもなぁ。まぁ開いたんだからいいんじゃねぇか？」

何かしらズルをされたように感じるグーラはロレンにとりなされてもまだ不満げにしていたのだが、ディアに続いて立ち直ったラピスの興味は既《すで》に扉でも扉の中にある物でもなく、ロレンにそのお伽噺を教えたという団長に向いていた。

それはディアも同じであったらしく、まだ文句を垂れているグーラとそれを宥《なだ》めているロレンの姿を見ながら、ラピスの耳元でささやく。

「調べる価値はあると思うがの。私はそう大っぴらには動けんのだが」

「ええ、そうですね」

こくりと一つ、真剣《しんけん》な表情で頷いたラピスは、すぐにぱっと表情を変えるといまだに納得していないらしいグーラを背後から突き飛ばし、ロレンの腕を取った。

「おい？」

「まぁまぁ、難しいことを考えるのは後にして、折角《せっかく》扉が開いたんですからエンシェントドラゴンをして結構な代物と言わしめる古代王国の宝物というのを拝むとしませんか？」

「そりゃいいんだがよ……」

警戒《けいかい》していないところをかなりの強さで真後ろから突き飛ばされたグーラは、顔面から遺跡の床に突っ込み、尻《しり》を突きだすような恰好《かっこう》で突っ伏《ぷ》している。

あれは結構痛かったのではないかと心配になるロレンだったが、腕を引っ張るラピスに引っ張られるがままに開いたばかりの金色の扉を潜ることになった。

扉を潜るとそこは広い部屋になっている。

両開きに開いた金色の扉以外には扉らしきものがないその部屋はどうやら行き止まりになっているようで、入口からその部屋までの距離《きょり》を考えるとかなり小さい遺跡であるという印象を受けるのだが、遺跡が作られた目的が何かしらの鎧《よろい》を安置するためだけなのだとすれば、こぢんまりとした遺跡になるのも納得できる話であった。

部屋の中央には窪《くぼ》地《ち》のようなものがあり、そこには水が湛《たた》えられていて、その中央におそらくそれのためにこの遺跡が作られたのだろうと思わせる金色《こんじき》の鎧が一揃《ひとそろ》い、騎士《きし》が主君の前に膝《ひざ》をつき、頭《こうべ》を垂れるような恰好で安置されている。

それは離れた場所からでもそれと分かるほどに強力な力を放っており、かなり高価にして強力な物品なのであろうということが分かる代物であった。

「ちょっと派手ですが……なるほど遺跡を作って保管したのも頷ける品物ですね」

「離れとるのに、なんかこうぞくぞくするもんを感じるくらいやな。派手やけど」

「派手すぎて、目が痛い」

「誰が作ったか知らないが、趣味《しゅみ》が悪いの」

「じゃあぶっ壊《こわ》すか」

大剣を抜き放ち、両手で構えようとしたロレンに全員の視線が集中する。

それに気が付いたロレンは目をぱちくりとさせ、何かいけなかっただろうかと視線で訴《うった》えかけたのに対してグーラが噛《か》みついた。

「何いきなり壊す気でおんねん⁉」

「いや、だってよ。さすがに俺、こんなの着ねぇぞ。派手すぎんだろ」

言われてグーラは金色の鎧に目をやる。

その造形は余程高い技術を持った者の手によるものと分かるほどに整っており、表面に施されている彫刻《ちょうこく》や飾《かざ》りもまたさまざまな貴金属や宝石をあつらえた見事なものであった。

美術品として飾っておくならば間違いなく素晴《すば》らしい逸品《いっぴん》であるのだが、ではこれを着て戦えるのかと問われると、実用性がないわけではなさそうなのだが、これだけ金ぴかな代物を身に着けるのにはかなり勇気が必要である。

「せやけどこれ、魔術付与《まじゅつふよ》された鎧やで？　きっと相当な性能持っとるで？」

「じゃあグーラ、これ着るか？」

ロレンが指さす金色の鎧を見て、グーラは自分がそれを着ている様子を想像し、すぐに首を横に振った。

続いてロレンはラピスやグーラの方も見たのだが、こちらもグーラ同様に首を横に振る。

「私は背丈の問題で着れるわけがないから、聞かなくていいぞ」

ディアはロレンの視線が向く前にそう言い、全員が目の前の鎧を使いたくないという意見で一致《いっち》してしまった。

「けどよ、あのマグナはきっとこれ手に入れたら着るぜ」

全身黒の板金鎧というのも、かなり目立つ恰好ではある。

それを平気な顔で着こなしているマグナならば、確かに目の前の金色の鎧とて容易に着こなしてしまうのではないか、と思われた。

「どこかに安置しておくにしても、これがある以上は必ず野郎《やろう》は狙ってくるだろ。ここに放置しておくにしてもコンインがいつまでも防いでいてくれるとは限らねぇし」

「扉を開けられないなら、大丈夫じゃないですか？」

鎧が安置されている部屋への扉は、ロレンによって開錠されてしまっている。

これを閉じることで再び施錠できるのであれば、あのわけのわからない幻獣の名前さえ知られていなければ、封印《ふういん》し続けることが可能ではないかとラピスは考えた。

しかしこれをロレンは否定する。

「もしかして、ってこともある。それに俺達《おれたち》がここを開いたという情報を奴《やつ》が手に入れたりしたら、また面倒《めんどう》なことになるぜ」

パスワードを知らなくとも、知っている誰かの情報があるならば、その誰かから聞き出せばいいと考えるのは自然な成り行きである。

その場合、ロレン達はこれまでよりも積極的にマグナにつけ狙われることになり、面倒事が増える未来が待っていた。

「そんなわけで、ぶっ壊しちまうのが一番だと思うんだが、どうだろう？」

「なんだかそんな気がしてきました」

「使う気がないが使わせたくない物なら、壊してしまうのが確実であろうの」

「勿体《もったい》ない気もするけど、古代王国のもんなら別にええかって気もするな」

「ロレンのしたいようにするといい」

「じゃあ、派手にぶっ壊すぜ」

大剣を構えたロレンの気配が膨《ふく》れ上《あ》がる。

自己強化の術式の発動に伴《ともな》い、全身へと送り込まれる魔力《まりょく》がその能力を跳《は》ね上げ、床を蹴《け》ったロレンの体は風を巻いて鎧へと突進《とっしん》し、振り下《お》ろされた大剣は一撃《いちげき》のもとに跪《ひざまず》く形で安置されていた鎧を肩口《かたぐち》から斜《なな》めに切ったかと思うと、返す刃《は》が二つに断《た》たれた鎧の残骸《ざんがい》をさらに切《き》り裂《さ》いてばらばらにしてしまった。

表面に施されていた飾りはその衝撃で砕《くだ》け散《ち》り、きらきらと舞《ま》い落ちる破片《はへん》や宝石をロレンの肩《かた》にしがみついているニグがなぜかせっせと糸で手繰《たぐ》り寄せて集め出す。

「そんなもん集めてどうすんだ？　そりゃいくらか金にはなりそうだが」

「ニグさんの種類の蜘蛛《くも》は外殻《がいかく》を固くするのに鉱物を食べたりするんです。宝石や金属は元をただせばただの鉱物ですからね」

ラピスの指摘《してき》通りに、ニグは集めていた破片を口元へ運ぶとどういう理屈《りくつ》になっているのか分からないが噛み砕いて飲み込み、ある程度食べると満足したのか破片を集めるのを止めた。

食べられてしまったのでは金にならないなと肩をすくめたロレンは大剣を背中へと戻すと、見守っていたラピス達の方を向き直る。

「よし、それじゃ帰るか」

「なんだか今回のお仕事はあっさり終わりましたね。いいことだとは思うんですが、ロレンさんが元気なまま終わるのは、物足りない気がします」

「これをあっさりと言うのはおかしい。普通ならどこかで絶対死んでる」

ニムの言う言葉が、おそらくは一般的《いっぱんてき》な物の考え方であるのだろうがこれもまた慣れなのか、ラピスが言うように少しばかり物足りなさを感じるロレンである。

しかしながら冷静に考えれば、誰《だれ》一人として欠けることもなく、またいつものように病院送りになる者も出なかったのだから、仕事としては大成功であるはずで、きっとこれに物足りなさを感じる自分がどこかおかしいのだろうと結論づけたロレンは自分の方を見ている仲間たちを促《うなが》すと古代王国の遺跡を後にしたのであった。

エピローグ　祝福から強奪する

教会の鐘《かね》が鳴《な》り響《ひび》く。

歓声《かんせい》が響き渡《わた》る中、教会の扉を開いて中から出てきたのは、なんともいえない雰囲気《ふんいき》を漂《ただよ》わせた一組の男女であった。

男の方は無精《ぶしょう》ひげを生やしており、あまり人相がよろしくない。

着ている白い礼服も着こなしているとは到底言えず、着せられているという感じが非常に強く、違和感《いわかん》が凄《すさ》まじく強かった。

対する女性の方は、顔立ちが凄まじく整った美人である。

短剣《たんけん》の刃のように長く尖《とが》った耳と日の光の下できらめく長い金髪《きんぱつ》が、彼女《かのじょ》を妖精《ようせい》か何かのような現実的ではない存在のように見せており、両肩《りょうかた》から胸元《むなもと》までを露出《ろしゅつ》した純白のドレスがそんな印象に拍車《はくしゃ》をかけていた。

そんな二人が手を取り合って、教会の外で待ち構えていた群衆に祝福の言葉を投げかけられるという光景を、少し離れた所から別な建物の壁《かべ》によりかかりつつ見ていたロレンは口元に笑《え》みを含《ふく》ませながら小さくぼそりと呟く。

「すげぇ度胸だな」

途端にロレンの顔のすぐ横の位置に、一本の短剣が突き刺《さ》さった。

あまりの勢いに細かく震《ふる》えているそれを、目の動きだけで確認したロレンは、スカートの裾《すそ》を翻《ひるがえ》し、にこやかに笑うニムの手際《てぎわ》に舌を巻く。

スカートをまくり上げたのも、そしておそらくはその下にある足に巻き付けていたのであろう短剣を抜き放つ動作も、さらにそれをロレン目がけて投げつけるといった行動も、あまりに素早《すばや》く自然に行われたせいでほとんどの参加者がそれと認識《にんしき》できなかったらしい。

そうでなければ大騒《おおさわ》ぎになっているところだと、ロレンは壁に突き刺さっている短剣を引《ひ》き抜き、そっと自分の懐《ふところ》にしまいこむ。

お祝いの場だというのに、刃傷沙汰《にんじょうざた》はあまりにそぐわない。

殺気を感じなかったので当てるつもりはなかったのであろうが、刃のきらめきというものは騒ぎを起こす原因としては十分すぎる。

火笛山での一連の出来事の後、ロレン達はそこに住むコンインの住処《すみか》まで戻ると遺跡の中であったことの一部始終をコンインに話して聞かせた。

中に安置されていた鎧を破壊《はかい》した、という事実にはコンインは非常に残念そうな顔をしたのだが、ちらりとロレンの姿を見ると何か納得したようにそれ以上は何も言うことがなかったのである。

火笛山のドラゴンについては、とりあえずは実在したという報告を冒険者《ぼうけんしゃ》ギルドにするということでコンインの了承《りょうしょう》も取った。

ただ詳細《しょうさい》については遠目に確認しただけなので、よく分からないと報告することに留《とど》めている。

仮に正直に近くに寄って話までしたと報告してもおそらく冒険者ギルドは黒鉄級の冒険者がドラゴンに接近できただけではなく、話までしてきたなどという報告を信じてくれそうにないことは明白であった。

しかもそこに住んでいるのはエンシェントドラゴンで、しかもグーラと取っ組み合いができる程度の存在です、とは落ち着いて考えれば信じる方がどうかしている。

ロレンが不思議に思ったのは、自分達の前に同じ依頼《いらい》を受けた冒険者のおよそ四割が火笛山の調査から帰還《きかん》できなかったということであった。

最初は住んでいるドラゴンが凶暴《きょうぼう》で、その餌食《えじき》になったのではないかと考えていたのだが、コンインを見る限りではどうにもそのような理由ではないように思える。

何か知らないだろうかとコンインに聞いてみると、火笛山には結構危険な魔物《まもの》がそれなりの数生息していたらしい。

ドラゴンが住む山に魔物が住み着く、などということはにわかには信じられない話ではあるのだが、コンイン自身がどちらかといえば穏《おだ》やかなドラゴンで、しかも体に見合った量しか食事を摂《と》らないという珍《めずら》しい存在であったので、魔物達《たち》もそこにドラゴンが住んでいるとは気づいていなかったのかもしれなかった。

それだけならばもう少し帰還率が上がってもおかしくはなかったのだが、おそらくはドラゴンが住んでいるかもしれないという情報にばかり気をとられ、他の魔物への準備がおろそかになっていたのではないか、というのがコンインの想像である。

これればかりは死んだ人間に問うわけにもいかず、コンイン自身も冒険者などに気を配ったりしていないので、実際の理由は不明のままであった。

ディアとはディアが住処としている廃墟《はいきょ》で別れている。

中々に有意義な暇《ひま》つぶしであった、とはディアの感想であるのだが神祖と別れられると分かったときにニムがほっと胸を撫《な》で下ろしていたのがなんとも印象的であった。

やはりそういう反応が普通なのだろうなとは思うロレンなのだが、ではそれに倣《なら》えと言われても、今更《いまさら》どうすることもできない。

別《わか》れ際《ぎわ》にディアがラピスと何事か話し込んでいたようなのだが、その内容についてはラピスから教えてくれるようなこともなかったし、ロレンから聞くようなことでもなかった。

いずれ必要になったのならば、自然と教えてくれるだろうくらいにロレンは考えている。

一際歓声《ひときわかんせい》が高くなった。

どうやら新郎《しんろう》新婦から振る舞い酒《ざけ》が出たらしい。

今回の仕事に同行してくれたニムには結構な金額を渡すことができていた。

冒険者ギルドからの依頼料《いらいりょう》の方は大したことがなかったのだが、ロレンが破壊してしまった金色の鎧の破片を、ちゃっかりグーラが拾い集めてきていたのである。

その材質はやはり金であったようで、グーラはこれを鍛冶屋《かじや》へと持ち込むと溶《と》かして金の延べ棒に加工してしまっていた。

これを売りさばいた利益の結構な割合をロレン達はニムに今回の仕事に同行してくれたお礼と、結婚《けっこん》のお祝いとして渡していたのである。

相当な力を持っていたはずの鎧があっさり壊されたり、鋳潰《いつぶ》されたりしたのにはわけがあり、それについてはラピスが説明してくれた。

「たぶんこれは、誰かに装着してもらって初めて効果を発揮するタイプの魔術《まじゅつ》道具だったんだと思います。誰も着ていない、使われていない状態ではただの金でできた悪趣味《あくしゅみ》な鎧以上のものではなかったんでしょうね」

ロレンによって壊されているとしても、元々は魔術の付与《ふよ》された鎧である。

破片になっていたとて、どのような力が残っているか分かったものではない代物《しろもの》を売りさばくということに関してロレンは難色を示したのであるが、鋳潰してしまえばその心配もない。

これなら丸ごと運んできてもよかったかもしれないと思うロレンだったが、いくら高値で売りさばけたとしても鎧一揃《よろいひとそろ》え分の貴金属でしかなく、自分が背負っている借金額からしてみれば焼け石に水もいいところであり、今回はニムの門出《かどで》にそれなりの贈《おく》り物《もの》ができたというだけでよしとしておこうと思うロレンであった。

「近くに寄ってみないんですか？」

物思いにふけるロレンへ声をかけてきたのはラピスであった。

ニムとチャックの結婚式《けっこんしき》については、ロレン達のところへきちんと招待状が送られてきている。

グーラなどは折角《せっかく》の招待なのだからと、どこで調達してきたのか分からないドレスを身にまとい、嬉々《きき》として参列していたりするのだが、いつも露出度《ろしゅつど》の高い服装をしているグーラがこの日に限ってきっちりとしたドレスに身を包んでいるのを遠目で見ていると、こちらについてもやはり違和感しか感じないロレンだ。

元々の素材がいいので、チャックや一部分のボリュームが圧倒的《あっとうてき》に足りないニムに比べれば、衣装と本人との間に生じる齟齬《そご》が少なく、覚える違和感も少なく済むはずであったのだが、何故《なぜ》だかロレンの目には異常な違和感がそこにあるような気がして、結構な人数が招待されているというのにグーラのいる辺りだけが妙《みょう》にはっきりと分かってしまう。

「ラピスはあのドレスってのを着ねぇのか？」

尋《たず》ねるロレンの傍《かたわ》らに立ったラピスはいつもの神官服姿だ。

結婚式において神官が神官服を着るというのは礼装であると言い張っても問題はないような気もするのだが、いつも見慣れている服装である分だけお祝いの席に着てくるような服装ではないのでは、という思いを抱いてしまう。

「宗派が違いますからね。ここは商売と幸運の神様の教会なんですよ。この服装で近づくと異教徒扱《あつか》いされかねません」

「マジか？」

「いえ、冗談《じょうだん》です。あまりいい顔はされないでしょうが、それほど対立しているわけではない、という感じですね」

「だったらドレス着てくりゃよかったじゃねぇか」

「そういうロレンさんも礼服じゃないですよね」

チャックもニムも冒険者であり、招待された者達はやはり同じ冒険者が多い。

たださすが白銀級冒険者というべきなのか、それなりに裕福《ゆうふく》な層の人間が多いらしく、参列している男性陣《だんせいじん》はきちんと礼服を着ている者が多かった。

もっとも、礼服を準備できないような冒険者の姿もちらほらと見受けられ、そういった者は流石《さすが》に武装は外しているものの、平服で式に参列しているような形になっている。

「俺、礼服持ってねぇしな」

平服で参列というのも考えてみたのだが、ロレンはそれほど服を持っていない。

どうしてもいつもの武装の下に着ているような服装になってしまい、それはこのお祝いの席にはあまりにも不似合な気がしてしまう。

「言ってくれれば、純白の礼服を用意しましたのに」

それは何か違う、と思うロレンである。

こういう式の場合、純白の礼服を着るのは新郎だけのはずで、参列者が着ていいものではなかったはずだったが、ラピスにそれを言ってみてもあまり意味がないような気がしてロレンはひょいと肩をすくめた。

「似合わねぇだろうしな」

「私は気にしませんが」

真面目《まじめ》な顔でラピスにそう言われて、なんと返答したものかロレンは答えに詰《つ》まった。

結局は、答える言葉を見つけられず、黙《だま》って首を振《ふ》るに留まる。

そうこうしている間にも式は滞《とどこお》りなく進み、何やら参列している人々の方が騒がしくなってきたことにロレンは気付く。

いつの間にやらチャックの姿はニムの傍らになく、どこへいったのかと視線を巡《めぐ》らせればおそらくはチャックの仲間や友人達なのであろう屈強《くっきょう》な男達に担《かつ》がれてもみくちゃになっているチャックの姿を見ることができた。

あれはあれで、こういった式ではよくみられる光景なのだろうと思うロレンなのだが、騒ぎの中心はそんなチャックではなく、何故《なぜ》かニムの方らしい。

何があるのかと目を凝《こ》らせば、ドレス姿のニムが何やら白い物を片手に持ち、それを周囲にいる参列者達によく見えるように高々と掲《かか》げている姿があった。

それは様々な花を束ねて作られたブーケである。

白いレースに包まれたそれを、ニムは誰からも見えるように高く掲げていたのだ。

何をするつもりなのかと考えたロレンはふと、新婦が結婚式で投げたブーケを受け取った者は、次に結婚することができるという言い伝えというかジンクスというか、験担《げんかつ》ぎのようなものがあったことを思い出した。

おそらくはこれからニムがブーケを投げ、それを参列者達が奪《うば》い合《あ》うという修羅場《しゅらば》が繰り広げられるのだろうとロレンは考える。

実際に、ロレンが想像しているような光景が繰り広げられるということはまずないはずなのだが、かなりの数が集まっている中で一人しかそれを得ることができないものを取り合うならば、やはりくんずほぐれつ取っ組み合うような光景がそこに出現するのではないか、とロレンは思ってしまっていた。

だからこそ、ニムが一旦《いったん》それを下げ、勢いをつけて空に高く放《ほう》り投《な》げた瞬間《しゅんかん》、これから繰り広げられるであろう惨状《さんじょう》を思い、目を逸《そ》らそうとしたのだが、それより早く自分の傍らから唐突《とうとつ》に流れ出てきた冷気のようなものに身を震わせ、思わず投げ放たれたブーケの行方《ゆくえ》に目を向けてしまう。

冷気の源は言わずとしれたラピスであった。

歴戦の傭兵《ようへい》であり、冒険者としても経験を積みつつあるロレンをして、その心胆《しんたん》を寒からしめたほどの何かを身にまとい、突進するラピスの動きは到底《とうてい》神官のものとは思えない程に強く鋭《するど》い。

その冷気にあてられたかのように、ぱたぱたと倒れていく参列者達の間を素早くすり抜けて、落ちてくるブーケの落下地点へと立ったラピスは、それまでの冷気が嘘《うそ》であったかのような柔《やわ》らかい笑みと共に、落ちてきたブーケを両手で受け止める。

その争奪戦《そうだつせん》に参加しなかった参列者達が呆気《あっけ》にとられ、ブーケを投げた本人であるニムもまた笑顔《えがお》のまま凍《こお》りついた中、一人ラピスだけが非常に嬉《うれ》しそうに笑いながら、遠くから見ているロレンの方を向くと、受け取ったばかりにブーケをぶんぶんと振《ふ》りながら声を張り上げた。

「ロレンさん！　取れましたよ！　次は私の番らしいです！」

魔族としての能力を、正体がばれかねない程に発揮してまで取りに行かなければならないものだったのだろうかと思うロレンなのであるが、おそらくラピスにそれを尋ねれば、当然そうに決まっていますという答えが返ってくるのだろう。

ブーケを受け取った者が云々《うんぬん》という験担ぎにどれだけ意味があるのかロレンには理解できないが、必要とする者にとっては十分意味のある代物なのだろうとも考えた。

そのせいで、気を失わされたらしい他の参加者達は気の毒な話ではあるが、ラピスという存在がこの場にいたことを悔《く》やんでもらうしかないのだろうなとロレンは諦《あきら》めに似た気持ちで結論付ける。

どうやら出遅《でおく》れたらしいグーラが人ごみの中で悔《くや》しそうにハンカチらしき布を噛みしめているのを見ながら、自分が何らかの反応を示すまでブーケを振ることを止めそうにないラピスに対して、今回はまぁましな締《し》め括《くく》り方かと思いつつ、ロレンは参列者達の視線が自分の方に向くのを感じ取りながら仕方なくといった感じでラピスに手を振り返《かえ》すのであった。

とある神官の手記より

知識の神に仕える神官、というものを自称《じしょう》しております私としましてはたまにどうしても見過ごすことができず、身の危険というものを二の次として確認しなければ気が済まない問題というものを見ることがあります。

それを口にしてしまえば、色々なものが終わってしまうかもしれないという危険性についてはこれを事前に察することができないというわけではないのですが、その危険性を押《お》してでも知識欲というものが優先されてしまうのです。

実は最近、そういった私の知識欲を刺激《しげき》するような事柄《ことがら》が一件ありまして、私は自分の身の危険を顧《かえり》みることなく、尋ねてしまったのです。

ニムさんに。

ニムさんが誰なのかについては、以前の情報を参照してください。

で、その質問の内容なのですが、下着穿《は》いているんですかって聞いてしまいました。

いやだって気になりませんか、あの服装。

腰《こし》の左右にかなり深いスリットが入っているというのに、下着らしきもののラインやら何やらがまるで見えないんですよ。

エルフという種族の特異性から考えても、穿いてないかもしれないと思った私を誰が責められましょうか、いえ、責められないはずです。

まぁ返答はかなりの速度で飛んできた矢じりが頬《ほお》の辺りを軽く掠《かす》めていくというなかなかにスリリングなものでしたが。

次におかしなことを聞いてきたら当てる、という言葉にきっと嘘はないと思いますので、似たような状況《じょうきょう》に陥《おちい》った場合は、予《あらかじ》め頑丈《がんじょう》そうな盾《たて》を用意してからことに当たろうと固く心に誓《ちか》った次第《しだい》です。

クラースさん辺り、目減りしなそうでよさげですよね。


それはともかく。

今回は古代王国期における何かしらためになりそうな情報を探しに行くというお話になります。

まぁ古代王国というものに興味があるわけではなく、毎回おかしなトラブルのあるところにその姿があるあの黒い剣士《けんし》ことマグナさんについて、何かしらの手を打つためには彼《かれ》らがよく出没《しゅつぼつ》する古代王国関連の遺跡《いせき》やらなにやらの情報を得ることが重要であろうということから考えついたことです。

もちろん、何百年も前に滅《ほろ》んでしまった国の情報ですので、その辺に適当に落ちているわけもなく、知っている人がこんな情報があるよと親切に教えてくれるようなわけもありません。

ではどこからその情報を得るのか。

その答えが火笛山に住んでいると言われているドラゴンの調査依頼です。

実は以前にエメリーさんというドラゴンさんと知り合いになるという機会に恵《めぐ》まれまして、そのときに他の地域に住んでいるドラゴンさんの情報などを頂いたりしたのですが、その中の一つがその火笛山のドラゴンさんでした。

調査依頼の報酬《ほうしゅう》をもらいつつ、古代王国の情報も手に入る上に、きちんといきなり襲《おそ》われたりしないようなアイテムも所持しておりましたので、楽勝なお話になるはずだったのですが、ここで一つ計算違《ちが》いが起きます。

さすがにドラゴンの調査ともなると、駆《か》け出《だ》しをちょっと卒業した程度の力しかないと思われている黒鉄級の冒険者では依頼自体を引き受けることができなかったのです。

ロレンさん、さくっと白銀級に昇格《しょうかく》してくれたりしないものでしょうか。

実力も人柄《ひとがら》も、確実に白銀級に到達《とうたつ》していると私は贔屓目《ひいきめ》ではなく思うのですが、ご本人の認識と周囲の認識の間にかなりの齟齬が生じている間は少し難しいかもしれないですね。

あの〈斬風《きりかぜ》〉の称号《しょうごう》ですら、いまだに自分のものではないと言い張っていますし。

冒険者ギルドもそろそろ気がついているはずなのですが、これぱかりは本人が否定している以上の証拠《しょうこ》が出てこないのでどうしようもないのですよ。

先日亡《な》くなられたロレンさんの傭兵時代を知る人が生きていてくれればと思うのですが、これについては話題にするとロレンさんが悲しんでしまいそうですので考えないこととします。

さて、それはそれとして依頼として受けることさえ考えなければ無理に白銀級の資格を必要とはしていないのですが、もらえるものがもらえないというのはなんとなく損をしている気分になります。

何かいい案はないものかと考えていたところにやってきたのが、冒頭穿《ぼうとうは》いているいない問題で私の命をちょっとだけ危《あや》ういものにしたというエルフのニムさんでした。

なんでも急にお金が必要になったとかで、手軽に稼《かせ》げる話があるのならば一枚嚙ませて欲《ほ》しいというニムさん。

これはちょっとお話が妙です。

まずニムさんが所属していたパーティはかなり実力のある白銀級のパーティであり、大きな失敗をして賠償金《ばいしょうきん》などで首が回らなくなったという事態に陥るのが想像しにくい方々でした。

いわゆる堅実《けんじつ》な方々だったというのが私の持つイメージだったのですが、もしかして見誤ってしまったのでしょうかと思いつつ事情を聞いてみると、そこには納得《なっとく》のお話が。

つまりは前々からそれなりによさそうな雰囲気を漂わせていたこのニムさんと、パーティメンバーのチャックさんがついにゴールインされる運びになったということから端《たん》を発し、ニムさんの部族では男女が一緒《いっしょ》になるときにお互《たが》いに贈り物をするという習慣があり、そのためにお金が必要となったということのようです。

なんだかこの後のこと、全部どうでもよくなってしまいました。

もう台所の隅《すみ》っこでかさこそと音を立てているアレとほぼ同類な黒い剣士のこととか、火笛山にいるドラゴンのこととか、どうでもよくありませんか？

そんな添《そ》え物的な話より、今はこの見た目クールなニムさんが、あのちょっとずぼらっぽく見えるチャックさんのどこに惹《ひ》かれて、どのような経緯《けいい》を辿《たど》り、ゴールインするに至ったのかを事細かに聴取《ちょうしゅ》し、記録することの方が大切な気しかしないのです。

駄目《だめ》でしょうか。

たぶん駄目でしょう。

なにせニムさんに興味があるのは私だけで、この手記を見ることになるだろう方々から
してみれば……あれ、意外といけそうな気がしてきましたが。

とにかくお仕事のお話です。

ニムさんをパーティのリーダーにすることで火笛山の調査依頼を引き受けることができるようになった私達はカッファを出ると一路、火笛山を目指すことになったのですが、この途中《とちゅう》でちょっとだけ寄り道をしました。

これも以前に知り合いになりました、吸血鬼《きゅうけつき》の神祖であるディアさんのところです。

どうせ通り道になるのだから、ちょっと寄ってみようかという程度のことだったのですが、そこでロレンさんはディアさんに、ロレンさんの体に憑依《ひょうい》している〈死の王〉であるシェーナさんのことを聞きます。

シェーナさんを人に戻《もど》すための器《うつわ》を作れそうな遺跡は既に押さえてあり、あとはシェーナさんの魂《たましい》を何とかすれば復活させられそうなのですが、この魂を何とかするというのが実はとても難しく、しかもシェーナさんはアンデッド化し始めているような状態でそのま

ま復活させることができないのです。

この辺りの情報を無駄《むだ》に溜《た》め込んでいそうな神祖さんに聞いてみるというのはいいことだとは思うのですが、返答はかなり難しい代物でした。

中身については割愛《かつあい》します。

ただ非常に難しいということと、必要とあればきっとロレンさんは神祖が口にした方法のいずれかを実行に移してしまうのだろうな、ということだけは記述しておきます。

そんな会話の後で、どうも暇を持て余しているらしいディアさんが私達に同行してくれるということになり、これを拒否《きょひ》することもなく私達は火笛山を目指したのですが、どうにも近づいてみるとなんだかおかしなことになっていました。

というのも火笛山の麓《ふもと》にある農村の一つが、何かに襲われていたのです。

いったい何が起きたのかを調べる私達の前に現れたのは、かなりの数のオークでした。

しかも全裸《ぜんら》の。

いちおう私、乙女《おとめ》と呼ばれる類の存在でしてオークの全裸なんてものを見せつけられてしまえばそりゃ悲鳴の十や二十は上げてもおかしくないと思うのです。

むしろああいうものを見て全然平気なグーラさんとかディアさんとかニムさんがおかしいのであって、私の反応は至極一般的《しごくいっぱんてき》なものだったと主張します。

まぁニムさんはチャックさんのを見慣れている、という可能性もあるのではないかと考えてみたりしますが、ちょっと首筋に冷たいものを感じたのでこの件につきましては深く掘《ほ》り下《さ》げないことを推奨《すいしょう》します。

なんでこんなところにオークがこんなに沢山《たくさん》いるのだろうかという疑問を抱《だ》きつつ、それらのオークをなんとかした先に今回の目的であるドラゴンさんがいました。

コンインさんというこのドラゴンさん、平和主義者を名乗っており、これまで巣穴の入り口付近に集まってしまったオーク達を処理できないままで困っていたらしいです。

オークをなんとかできないドラゴン、というのはいかがなものかと思ってしまう私なのですが、たぶんその気になればこのコンインさんもオークごときどうとでもできたのでしょうが、その気になった場合に周囲に与《あた》えるかもしれない被害《ひがい》を考えて身動きが取れなかったのではないか、と考えます。

すぐ近くに村なんかもあったわけですから、こういうドラゴンさんが一匹《いっぴき》くらいいてもいいのでしょう。

そのコンインさんがオークを何とかしたお礼に教えてくれるという古代王国の遺跡。

それはコンインさんの巣穴から続く道の先にありました。

なんでも古代王国に痛い目に遭《あ》わされたコンインさんが嫌《いや》がらせに、その遺跡に続く道の途中に巣穴を作った、ということでコンインさん的にはしてやったりというような感じなのですが、これって古代王国からしてみれば体《てい》のいい番人が手に入ったということになったりしないのでしょうか。

真実を知るのは古代王国の人くらいなものでしょうから、確認《かくにん》する術がない今となっては実際どうなのかは分かりませんが、分かったところで何かの利益があるわけでもないので、今は目の前にある現実だけを問題にしましょう。

その問題というのは。

私達だけではなく、遺跡への道を塞《ふさ》いだ形になっているコンインさんもまたこの遺跡の中に到達することができなかったのです。

何かしらの罠《わな》があったわけではありません。

遺跡の入り口を開くことができなかったのです。

遺跡の入り口に施《ほどこ》されていた仕掛《しか》けは珍しいものではなく、単にそこに書き込まれている問いに対しての答えを返すというものだったのですが、この答えがさっぱり分からなかったのです。

これは知識の神に仕える神官としては由々《ゆゆ》しき事態です。

いいえ、邪神《じゃしん》の神祖に魔族が頭を突《つ》き合わせてまるで分からないという時点で普通《ふつう》の問いではないということは分かり切っているのですが、それにしたところで問われたことに答えが出せないというのは知識の神の神官としてのプライドに関《かか》わる問題です。

意地でもなんらかの答えを出さなくてはと思うのですが、間違《まちが》った答えを出すとグーラさんが身をもって証明してくれたようにペナルティが科せられてしまいます。

どうしたものかと考える私達に、あっさりと答えを出したのは、この中でこういった謎《なぞ》かけには一番戦力にならなそうなロレンさんでした。

多少失礼なことを口にしている自覚はあるのですが、やはり傭兵さんがこういった謎かけの仕掛けで活躍《かつやく》するというのは、あまり想像ができない話です。

ですがロレンさんは妙に自信まんまんに謎かけの答えを知っていると断言。

それならば答えてみてもらいましょうということで、ロレンさんが口にした答えはあっさりと遺跡の扉《とびら》を開いてしまいました。

こういうとき、どういう顔をしたらいいのでしょうか。

ちょっと笑うのは無理なので、それ以外の答えをお願いします。

答えを知ってしまえばどうということはないのです。

今回私達は扉に仕掛けられていた問いかけを謎かけだとばかり思っていて、その問題文のから答えを導きだそうとしていたのですが、これは謎かけではなく単に答えを知っているのか知らないのかということだけを問いかけた代物だったということです。

　そしてロレンさんがこれに答えられたのは、単に答えを知っていたからというわけで、知識とかひらめきとかそういった物はまるで関係なかったのです。

　ロレンさんはこの答えを、傭兵団の団長さんから子供の頃《ころ》に聞いたらしいのですが、団長さんの素性《すじょう》に関する謎が一段と深まったような気がします。

　扉の向こう側にあったのは金色の鎧《よろい》だったのですが、これはあっさり破棄《はき》することに決まりました。

　ロレンさんは使わないようでしたし、私やグーラさんなんかも使う気にはなれないくらいにごつくて派手な代物です。

　とはいいながらも残しておけば、あの黒い剣士であるマグナさんが金色の剣士になりかねません。

　わざわざこの鎧を安置するための設備まで用意されているというところからしてかなり強力な魔術工芸品であることが容易に想像され、そんな強力な代物をあのマグナさんが手に入れたら使わないわけがありません。

　壊《こわ》しておくべきでしょう。

　ちょっともったいない気はしますが……金色のロレンさんとか見たくないですし。

お仕事のお話は以上となります。

首尾《しゅび》よく仕事を終えた私達《たち》は冒険者ギルドから所定の報酬をもらい、ニムさんはそれを使ってチャックさんと贈り物の交換《こうかん》をつつがなく終えたそうです。

その後、二人の結婚式に呼ばれたりもしたのですが、私にとって大事なのはニムさんの攻《せ》めたドレス姿でもなく、似合わないチャックさんの礼服姿でもなく、無理してる感ありありのグーラさんのドレス姿でもありません。

新婦が投げるブーケの行方。

これ以上に私の意識を惹きつける物はあの場にはありませんでした。

もちろん、少しばかり大人気のない力を発揮したりもしましたが、ブーケの回収にはしっかり成功したということを書き記しておきます。

これで次はきっと私の番、なはずなのですが果たしてどうなりますやら。

ちょっと望《のぞ》み薄《うす》ではないかな、と思ったりしています。

そんな感じで今回は、これにて筆を置こうかと思います。

さすがにそろそろ
ロレンの所属していた傭兵団の団長に
会うべきであろうと、
北行きを進言するラピス。
2020年 夏頃発売予定!
著者／まいん イラスト／peroshi

気乗りしないロレンだったが、
そこにギルドから緊急依頼が舞い込み、
団長が目撃されていた
ユスティニア帝国へと赴くことになり――。
食い詰め傭兵の
幻想奇譚13

白兎のクラスにやってきた
転校生の少女・リーゼ。
彼女と意気投合した白兎は
『DWO《デモンズ》』のパーティに誘う。
著：冬原パトラ
イラスト：はましん

リーゼを仲間に加え、
さらににぎやかに
楽しむシロたち。
しかしゲームにはいろいろ突発的な
危険もあるようで……。
VRMMOは
ウサギマフラーとともに。2
VRMMO with a rabbit scarf.
2020年春頃発売予定！

ついに邪神を倒し、
結婚への準備を進める冬夜たち。
フォンとともに。20
2020年3月発売予定！

しかし世界にはまだまだ
騒動の種が尽きることはなく――。
異世界はスマート
冬原パトラ
illustration■兎塚エイジ

コミカライズも連載中の
スナイパー英雄譚！
漫画：瀬菜モナコ
原作：かたなかじ　キャラクター原案：赤井てら
著／かたなかじ
イラスト／赤井てら
発売予定!!

魔眼と弾丸を使って
異世界をぶち抜く
第7巻 2020年春

著／保利亮太
イラスト／bob
ウォルテニア半島に居を据えた御子柴亮真の躍進は続く――。
2020年春　発売予定

コミック版も好評連載中！
漫画：八木ゆかり
原作：保利亮太
キャラクター原案：bob
コミックス
①～⑤巻発売中!!
コミックファイア公式サイト
http://hobbyjapan.co.jp/comic/
ウォルテニア戦記XV

HJ NOVELS
HJN22-12

食い詰め傭兵の幻想奇譚12

2020年2月22日　初版発行

著者——まいん

発行者—松下大介

発行所—株式会社ホビージャパン

〒151-0053
東京都渋谷区代々木2-15-8
電話　03(5304)7604（編集）
03(5304)9112（営業）

印刷所——大日本印刷株式会社

装丁——木村デザイン・ラボ／株式会社エストール

Printed in Japan

ISBN978-4-7986-2125-8　C0076